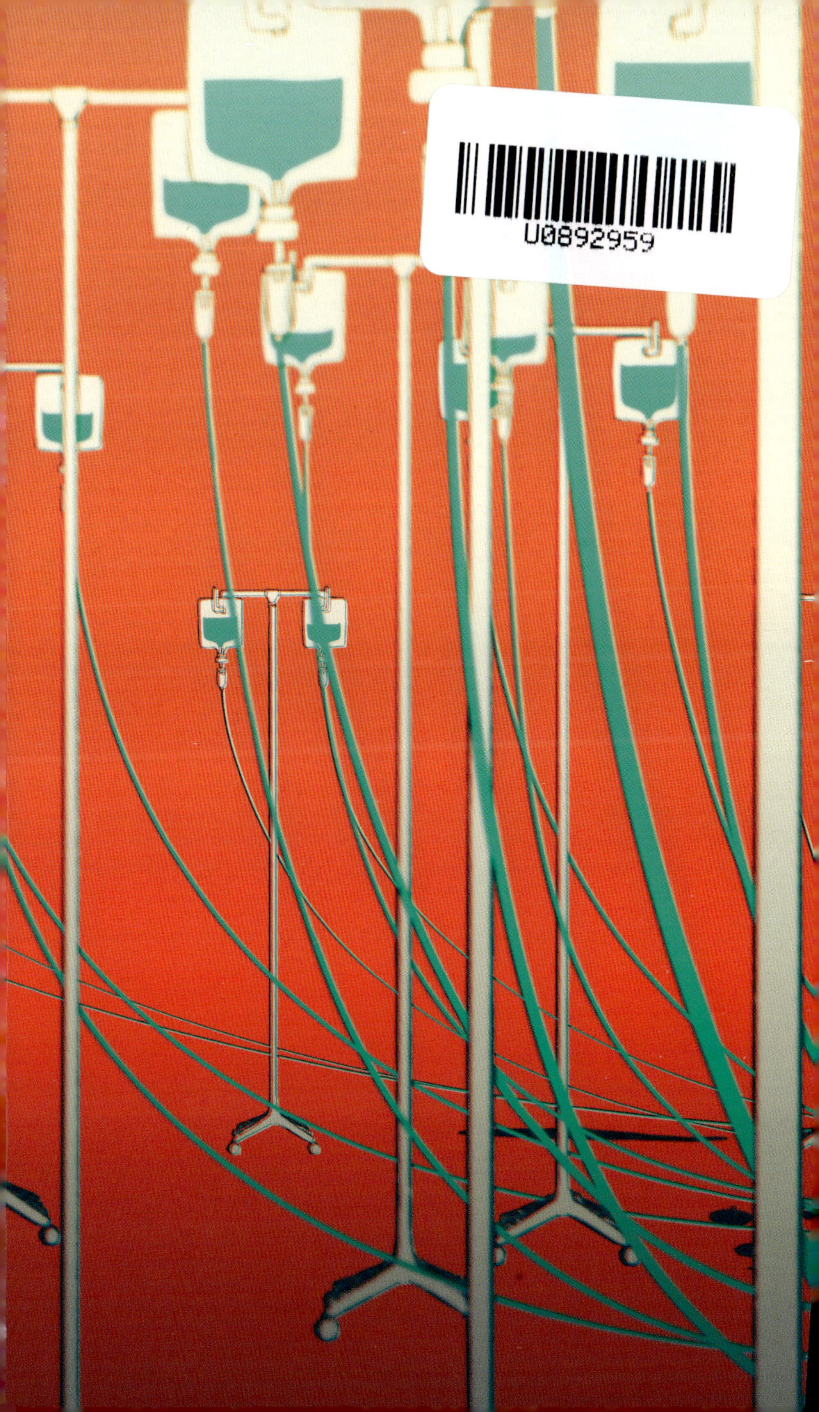

U0892959

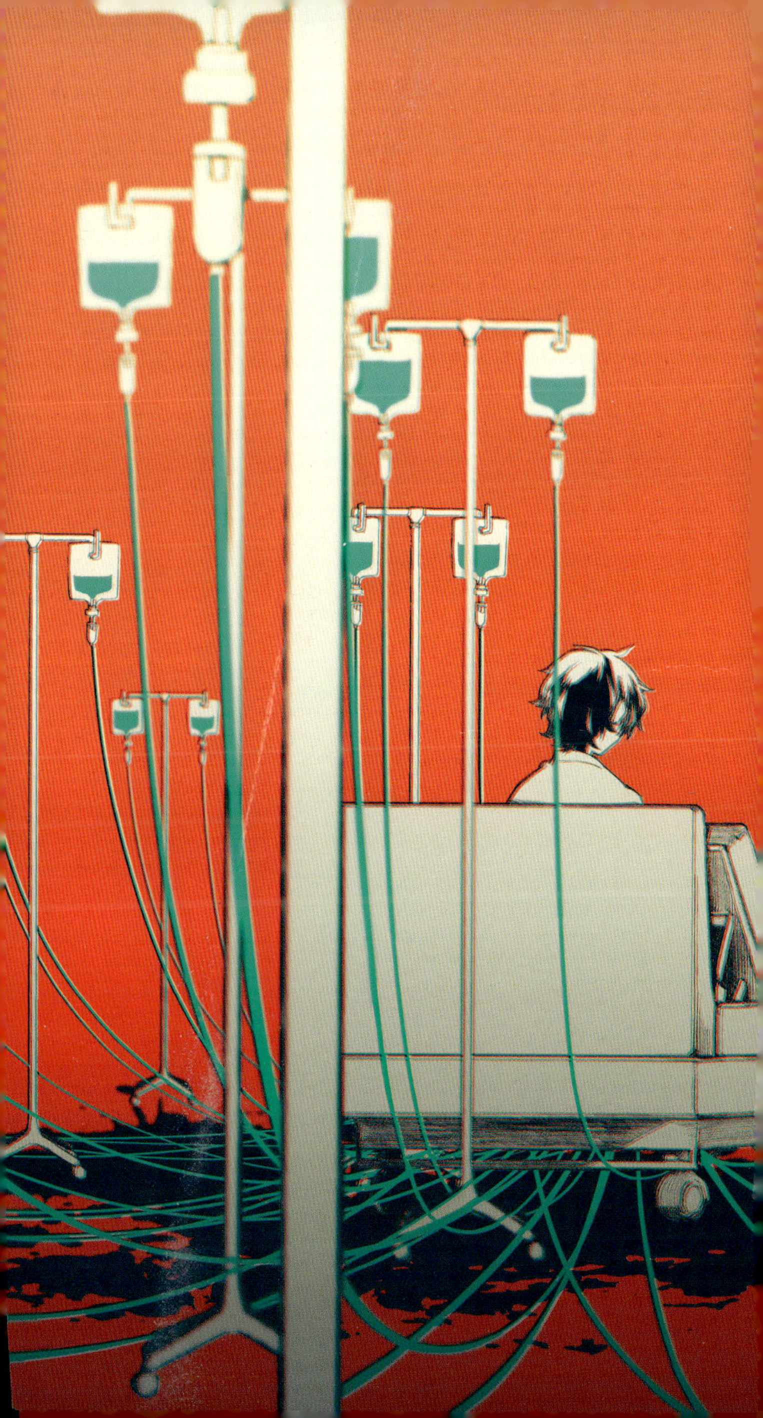

目录

▶ daze1

"我为什么在看电视？"

一台电视孤零零地摆在面前，我自言自语道。

头脑没有昏昏沉沉的感觉，我不记得刚才睡着过，也不记得自己失去过意识。

……不，不能这么说。因为我根本什么都不记得。

我为什么会在这里，为什么在看电视？不知为何，我一点也记不起来。

电视里刚才在播放什么内容，我完全不记得。甚至，在我开口自言自语之前发生的一切，我完全没有任何记忆。

那些记忆，简直就像被谁连根拔起带走了一样。

我集中起涣散的意识，重新注视起电视画面来。

电视里播放的东西，是一片滚动的字幕，看起来像是电影片尾的演职人员表。背景音乐是一首有些奇怪的小提琴曲。

这么说，我刚刚是在看电影吗？

……有点费解。因为我并不喜欢看电影，就算要看，也是周末早上的战斗英雄动画片剧场版。

就算如此，我会盯着演职人员表看个不停吗？应该不会吧。

虽然我一向过着消磨时间的生活，但这种行为，哪怕对闲暇时光也是一种极度的浪费。

有片尾演职人员表，那一定也有“正片”吧？我刚才一定在看什么东西的正片来着，可我记不起来究竟在看什么。

“不行，完全想不起来。话说回来，这是哪儿？”

对了，先确认一下自己身在何方吧。

不知道周围有什么东西可以消除我的困惑。建筑物也好，窗户也好，人也好。

反正，我自己肯定没办法走出房间的。

我一边想，一边环视四周——

——眼前的景象让我不由得怀疑自己的眼睛。

“……不是吧，这……”

周围是一片纯白的世界，不知有几公里长，一眼望不到尽头。

别说建筑物和人了，目光所及之处，连一根枯草都没有。

天空和地面失去了分界线，没有太阳，也没有月亮，我也看不到自己的影子。

只有我和这台破旧的电视。除此之外，前后，左右，上下，视野范围内的“一切”，全部是一片白色。

面对这冰冷而诡异的空间，我不禁畏惧得颤抖起来。

小时候总是很怕黑。可是，眼前的白色虽然和漆黑完全相反，给人的感觉却是一样的。

不，这比黑暗更可怕。黑暗多少会让人抱有一丝期待，让人相信自己只是看不见，说不定哪里正隐藏着希望。

可是这里却什么也没有。眼前这片虚无的白色，让人不得不彻底放弃希望。

我深深地陷入绝望之中。

我不记得自己是怎么来到这里的，周围也看不见一个人影。想要离开这里，却不知道该朝哪个方向出发。

周围只有令人绝望的、无边无际的白色、白色、白色……

到底是怎么回事？这么大的地方，是人工建造出来的吗？不可能。可是，看起来也不像任何自然空间。

非常大，却什么都没有，既不是人工制造出来的，也不是自然空间。有一种可能，难道说我已经……

“瞎说什么，不可能！”

我试图用暴躁的语言遮掩心中焦急的情绪。

没错，眼前的一切诡异到不真实，怎么能用正常的思维去考虑呢？

现在要做的，是赶快想办法。肯定有什么提示能让我逃出这里。

有没有什么线索？怎么才能离开这儿，离开这个诡异的空间？线索会在哪里呢……

我首先想到的，是眼前这台旧电视。

这里能看到的唯一的希望，就是这台电视。只要能给我一点信息，什么都好，哪怕是毫无价值的。

我满怀期待地凑近电视屏幕。可是，里面的东西和绝望别无二致。我的期待化为泡影。

“这是哪国语言啊……”

电视里滚动的文字非常奇怪，像是多国语言混合而成的。

我拼命想读懂些什么，但这些文字既没有规律也毫无连贯性。我对语言学也算略通一二，可眼前的文字实在应付不来。

我长长地叹了一口气，失望地垂下头来。

重新审视四周，除了这台电视，什么也没有，更没有人的迹象。

搜索记忆的碎片，只能记得自己在房间里拿着遥控器……仅此而已。虽然这段记忆也是非常模糊的，但是至少我不记得自己离开过房间。

滚动着文字的电视……这究竟意味着什么？

盯着电视屏幕，我不由得确信，自己之前确确实实在看着“什么”。

好像是搞笑的，也好像是悲伤、严肃的。这些记忆无法连成片段，在脑海中转瞬即逝。

没错。我一定是在看这个东西的“正片”来着。

可就是最关键的“正片”的内容，不知为何，我完全没有任何记忆。一切就像包裹在浓雾之中。

我到底为什么会忘记最关键的部分呢？

“难道说，那是我不想去回忆的东西吗？”

正在我自言自语的时候，突然，电视屏幕上那些令人费解的文字里，出现了我可以看懂的东西。

我连忙死死地盯住屏幕，生怕漏掉什么宝贵的信息。

绝处逢生的一丝希望来了。我立刻把看懂的话读了出来。

“什么什么……‘主演……如月……伸太郎’？”

自打出生以来我就从没见过和自己同名同姓的人。就算有，也不会这么巧吧，竟然在眼下这种诡异的境况下出现。

没错，主演那一栏写的，毫无疑问就是我的名字。

主演……也就是主角？喂喂，别说主角了，我不记得自己演过电影啊。

难道不是电影，是别的什么？那么除此之外片尾会出现演职人员表的，只有话剧、电视剧、动画片……我可是哪个都没演过啊。

再说了，不管是什么，我怎么可能是主角呢？

是啊，我能做主角的，充其量也就只有自己的人生了吧……

我自己的……人生？

“……不可能。”

不可能。不可能，不可能，不可能！

绝对不可能。这是梦。我一定在做噩梦！冷冰冰的身体，难受的感觉，全都只是噩梦而已。

没错，怎么可能就这么“结束了”呢，怎么可能啊！

“到底是怎么回事啊！混蛋！”

电视还在眼前，我站起身来，飞起一脚踢了过去。

我使出全身的力气，这个力度踢出去骨折也不奇怪。

……可为什么，怎么回事？我不觉得痛，也没有流血。

好害怕。想不通。不知道该怎么办。而且，啊啊……为什么，我连眼泪都流不出来？

我到底怎么了？怎么什么都记不起来？我真的是“如月伸太郎”吗？

谁能告诉我？我该怎么办？

我会变成什么样子？

会消失吗？

就这样结束了吗？

还是说会永远维持现在的样子？难道，要永远一个人待在这种地方……

……啊啊，我不要，多么残酷的梦境。

我要疯了，快点醒过来吧……快点……

“……别害怕，伸太郎。”

……声音。

一个声音突然响起，终止了我那灼烧般的思绪。

也许是因为突然出现的声音吓了我一跳。但是，切断我脑中这片混乱的真正原因，是这个声音的主人——让我完全意想不到的人。

紧接着，一阵短促、尖锐、有规律的电子音响起，“哔，哔，哔。”

冷漠的声音持续不断，仿佛在预示着什么。这个声音，这种声音……我听过。这是表示生命迹象时使用的声音。

那是……心电仪。这种声音，我曾听到过好几次。叔叔住院的时候听到过，他已经去世了。妹妹溺水入院时，也听到过。除此之外，还有一次。

我微微抬起头，发现不远处突然出现了一扇铁门。

铁门周围并没有墙壁，给人的感觉，是一扇门单独立在那里。

可是，面对眼前这不可思议的场景，我竟然丝毫没有感到“惊讶”。我已经分不清，我究竟是冷静下来了，还是彻底疯了。

我又看了一眼铁门。

这似乎是……手术室的门。因为门的上方有一块红色的电子光板，让人联想起手术室门前表示手术正在进行的牌子。

“哔，哔，哔。”看样子，这个电子音似乎也是从门的方向传过来的。

突然出现的铁门，再加上刚才听到的声音。

“……是让我过去吗？”

我对铁门的出现作出了这样的判断。

刚才的声音，我听过。如果我猜得没错，应该就是那个人。

而且，如果是那个人的声音，眼前为什么是一扇“手术室”的铁门，也就解释得通了。虽然，这让人感到无比讽刺。

可是……这一切是真的吗？

要是能见得到，我当然也想见面说说话。两年里我一直在后悔，当时为什么没能好好倾听，为什么没能好好说话。

两年前的“那一天”，到底发生了什么，为什么留下我一个人离开？我真的非常非常想知道。

如果，还能再见面的话……

“……开门吧。”

走到门前，我低语道。门上的红色电光板“啪”的一声熄灭了。

与此同时，铁门无声地打开。

首先引起我注意的，是气味。

开门的一瞬间，医院特有的消毒水味扑鼻而来。

随后映入我眼帘的，是一幕可怕的场景。一片纯白的空间里，输液的点滴架密密麻麻、纵横交错。

点滴架上悬挂着无色透明的液体袋，一些细细的管子从里面伸出来，向深处集中一般延伸过去。

数不清架子上有多少液体袋，它们和那些细管一起构成了蜘蛛巢穴般的场景。

管子的终点……从我站的地方看不清楚。但是看样子，电子音就是从管子集中的地方传出的。

事已至此，总不能退缩回去。

我深吸一口气，迈进了铁门里面。

我抓着点滴架，尽可能从里面拨开一条道路，一步步艰难地向前走。

越往里面走，消毒液的气味就越刺鼻。

我小心地避开脚边的输液管，感觉自己仿佛身处钢铁构筑的原始森林一般。

架子被我弄出很大的声响，走了一阵子，终于看到了输液管集结的终点。

我刚才走进的应该是手术室的大门。可是，除了点滴架，我没有看到任何其他医疗器械，更没有医生的影子。

眼前出现的，只有一张洁白的病床。床单白得仿佛要融进周围的白色之中。

目光落在病床上躺着的人身上。那个人还和过去一样，我不由得屏住呼吸。

为什么你会在这里呢？

那之后到底发生了什么？

这里究竟是什么地方?

我是被你召唤到这里的吗?

……成千上万的疑问盘旋在脑海，可最终脱口而出的，却是一句平凡至极的问候。

“好久不见，遥前辈。”

“……嗯，真的好久没见了呢。”

九之濑遥直起身子回答道。他说话时柔和的语气，和那时一模一样。

……眼前发生的一切让人不敢相信这是真的。

“那个……我……”

我犹豫着，说不出连贯的话来。这是没办法的，我想说的绝不是那种可以滔滔不绝脱口而出的话。

遥像是察觉到了我的内心一般，缓缓地开口说道：

“好久不见了，我有点紧张呢。做梦都没想到能再见到你。”

“你，你也是吗？我也是。”

“是啊。”遥小声说道。随后脸上露出一丝迷惘的神情，目光低垂下去。

……沉默来得太快。这么说起来，我都有多久没跟人说过话了？

好像前段时间跟妹妹稍微说过几句话。除此之外，我根本没有跟任何人说过话。

所以，我怎么可能跟他顺畅地聊起天来呢？

“……那，那个！我！有好多想说的话！我想知道这里是怎么回事……”

不出所料，我的音量完全不受控制。还好这里没有墙壁，我的声音也就不会出现回声。

不过，听到我的声音，遥并没有显露出惊讶的样子，反而表情中带着一丝歉意，垂下了头。

“你果然什么都不记得了呢。看来，你应该也不记得‘大家’了吧。”

果然？大家？没有印象。大家是指什么人？

“嗯……我有点记不起来了，抱歉。”

“这样啊。也是啊……那我该从哪里说起呢……”

看样子，遥一定知道一些事情。我想马上知道一切……不过，遥这个人让人没办法开口催促呢。

一直是这样的。遥一直都有他自己的节奏。

而我从来没有讨厌过他这样的性格。

“……我一直想听你说来着。你要说的话。”

唉，完全不行，我说的话全部都是语无伦次的。

那家伙曾经无数次抱怨我这一点。对话不在一个频道，长这么大敬语都用不好。

“谢谢。其实有些事情还要向你道歉的。说来话长……”

遥带着歉意说道。随后，开始讲述一个有些漫长的过去的故事。

他的声音，和两年前的那个夏天一样，和他离开这个世界时一样，那般清澈透明。

▶ lost days-1

小阳春天气。

我坐在窗边，右手玩弄着笔，呆呆地望着午后的校园。

秋意渐浓，操场周围的树木都染上了鲜艳的红色。

一年里色彩最鲜艳的季节——秋天，我最喜欢的季节。

澄澈透明的蓝天，棉絮一般点缀着的几朵白云。柔和的日光透过云层照射下来，夏天已然无影无踪。

……今年也是一样啊，不知不觉间，夏天就已经结束了。

每年都会想起这个问题：夏天究竟是什么时候结束的呢？

有人觉得盂兰盆节过去以后夏天就结束了，也有人说八月是夏天的尾巴。

有人按照学校的日程表，把暑假结束当作秋天的开始。也有人说凉快了就是秋天，让人觉得模棱两可。

蝉鸣消失不见之时……也有人会用这种文艺的形容。

每个人对夏天的结束都有不同的感觉。大概，这是因为每个人心里对“夏天”这一概念本身就有不同的定义吧。

没错，仔细想想确实如此。即使一个高高在上的掌权者，也不能随便定义“夏天于某月某日结束”。毕竟每个地方的气候不同，风俗也不同。

所以，即便有人定下夏天结束的日子，也不会有人接受和执行吧。嗯，反正我肯定不会接受的。

那么，“夏天”对我而言究竟是什么呢？回想这个暑假，我也基本没怎么出门……完全想不出来。

明年夏天要是能多出门玩玩就好了。最好能跟朋友一起去海边玩。

露营也不错呢。虽然我有点怕虫子，不过，大家一起做咖喱吃肯定很开心。

玩个痛快，尽情享受……我也一定会找到的，属于我自己的“夏天”。

明年……有点遥远。

算了，别胡思乱想了。

比起那些，我现在有更重要的事情需要思考。

三点……

咦，已经三点了？

不是吧?!已经三点了?!怎，怎么办！第六节课要结束了！啊啊，我还什么都没做……总，总之先冷静下来……

“怎么样，你画出来了吗——有视觉冲击力的‘怪物’？”

“唔……”

安静的理科实验室，一个声音打破了寂静。这已经很难称其为“普通的声音”，可以说有些震耳欲聋。

还没到课间，这么大声说话没关系吗？

我一边想一边看向讲台。讲台上，楯山老师趴在讲桌上睡得正香。好吧，我猜也是这样。

这么一来，此时此刻，这间教室可以算作“只有两个学生的教室”。如此判断，刚才的话应该是冲我说的吧。

我只好转过头去。邻座，一个黑发双马尾少女正盯着我，脸上浮现出狡黠的笑容。

眼神有点凶，眼袋黑黑的，脖子上挂着头戴式耳机，可以听见里面正在播放的摇滚乐。

她是榎本贵音，我唯一的同学。

说是同学，其实也是因为一些特殊的缘由。

我本来是E班的，而贵音是B班，所以，按照常理我们并不可能在同一间教室上课。

可我们却像现在这样做了同桌。这是因为，我们的身体都有一些疾病，而这间教室，正是学校为我们这样的学生特别设置的班级。

贵音的病十分罕见，她发病时会毫无预兆地晕倒。因为这种病，她来到了这个班级。

不过，贵音很少提起自己的病，我也从来没有特意问过。所以，关于她的病情我也只知道这么多。

但是，她现在的表情，我可是再熟悉不过了。每当她看透我的弱点时，总会露出这样的神情。

没什么好隐瞒的，我也知道自己的把柄在哪里。不过，贵音似乎并没有发现我内心的慌张，语气变得急躁起来。

“我说你啊，不是说好今天把怪物设计出来吗？画得怎么样了？别告诉我你还没开始动笔哦！”

我躲开贵音不怀好意的目光，视线落在手边的画纸上。

可惜，纸上别说怪物的设计图了，连动笔的痕迹都没有。

这是显而易见的，因为我根本不记得自己画过什么东西。假如纸上现在有东西，我才要吓一跳呢。

“那个……才画了一点儿呢。哈哈……”

我一边含糊其辞，一边试图把画纸翻过来，可是已经迟了。

贵音把脑袋伸过来，瞥了一眼画纸，鼻子哼了一声。

“原来，你说的‘一点儿’，是指干干净净一片空白呀。我记住了。”

贵音故意说道。但是她并没有继续说什么，重新回到座位坐下，不耐烦地打了一个小小的哈欠。

贵音还是老样子，欺负人的态度用凶猛来形容也不为过。本来我对自己就没什么自信，被她这么一说，仅存的一丝可怜的自信也已经碎成粉末了。

更可怕的是，贵音的蛮横不会就这样结束。如果一句话说完就可以相安无事，那就太好了。可惜，她不会就此罢休的。

大概还会说些什么。不，不是大概，是绝对会说。以往发生这种情况，贵音会一句话了事吗？不，从来没有过。

我做好心理准备，绷紧神经等着故事的后续。果然，贵音不怀好意的问题再次抛了过来。

“喂，我问问你啊，是谁说想在学园祭上办射击摊位来着？”

“是……是我。”

“就是啊。那你说，离学园祭只有不到一星期了，这你是知道的吧？”

“知道的……但是……”

“那你为什么连笔都不动一下，看着窗外发什么呆呀？脑子进水啦？”

贵音犀利的言辞毫不留情地向我抛来。

真是的，笨蛋、白痴、脑子进水之类的，这么说别人真的不太好哦。女孩子家家的，就不能淑女一点吗？

这种说话方式万一养成习惯了，会嫁不出去的吧？

这些话我当然不敢说出口，取而代之的是求饶的呻吟。

显然，贵音不会因为我求饶就心软下来的。

“遥，你还有什么想说的？”

“……对不起，我不该发呆的……”

这是我们有生以来第一次参加学园祭，但是遇上了一些麻烦。

我们学校的学园祭似乎历史悠久，在周边地区也是小有名气的活动。

学校每次都会投入大量精力来准备，准备阶段的第一天，还会有打着“全体总动员”口号的全校大会。这让我感到十分震惊。

去年好像还请来了一支很有名的摇滚乐队，场面热闹非凡。

而且贵音好像也是他们的粉丝，去年还特意来看过表演。据说这就是她考入这所高中的原因，我有点不能理解。

总之，我们学校的学园祭就是这样的。眼下，今年学园祭的准备时间已经过去了一半。

在学园祭准备期间，每天的第四、五、六节课都可以以班级为单位自由活动。所以，一到下午，各个班就纷纷开始筹备摊位和其他活动，忙得不亦乐乎。到了学园祭正式开始的前一个星期，整个学校基本处于停课状态，好多班连休息时间也不放过，全都用来筹备学园祭的活动。

但是，这一切都是“普通班级”的情况。

不管是运动会，还是学园祭，学校的各种活动，我们这样的特殊班级都不是强制参加的。

当然，学校是考虑到我们的身体原因，才做出这样的决定。不过，我们这个班，本来就是相当我行我素的。

首先，根本没有人想“积极地”参加学校的活动，特别是贵音，她当即表示对办学园祭摊位没有任何兴趣。所以，之前我们已经决定不参加学园祭的摊位活动了。

如果一切都按照计划进行，我们现在就完全不需要为筹备学园祭伤脑筋了。

唯一需要思考的，不过是当天按什么顺序逛小吃摊子，或者一个摊位吃几人份比较好之类的。

直到昨天早上，我的生活还处在一片悠闲之中。但是，我们班突然决定办摊位，打破了这份平静。而且，准备时间越来越紧。

“算了。光责备你也没用。都怪老师那家伙太不负责任了，这才是根本原因。”

贵音的语气充满无奈，手指狠狠地指向讲台，楯山老师依然趴在桌面上一动不动。

“用手指人也就罢了，这股狠劲儿对老师是不是有点不礼貌啊？”我心里默默地想着，却并没有出声，只是苦笑了一下。

贵音说的基本没错。

我们突然必须参加学园祭的摊位活动，正是因为楯山老师只顾自己给上面拍马屁。

“真是的，我们凭什么帮他提高好感度啊？再说了，就算拍马屁，干吗要吹得那么天花乱坠！竟然说我们正在准备一个‘超级特别的摊位’！压根儿什么都没准备，乱吹什么牛！”

贵音骂了一阵子，愤怒地摇晃课桌表示抗议。

为了让她冷静下来，我开口说道：

“我很期待学园祭哦，准备摊位也很好玩！”

听到我的话，贵音一脸不爽的表情稍微舒缓了一些。

“嗯……倒也没关系。反正努力工作的是你们两个。”说完，她重新趴回课桌上。

不过，话虽这么说，别的班的摊位早已经准备得像模像样了。实话说，时间这么紧了才开始准备，不光是时间问题，各种问题都很难解决。

况且，事态如此紧迫之下，我们加上老师总共也只有三个人，人手根本不够。

别说特别企划摊位了，就算想搞出一个普通的摊位也是困难重重。

但贵音却有她自己的原则。既然决定开始，就不能做得随随便便，要办就办最有趣的摊位。回想当时，我也曾连连点头，赞同她的想法。

每个班都在全力以赴，如果只有我们随便应付，自己内心是无法接受的。要做就尽全力做吧。

这个想法是极好的……

“想法是极好的，可是，贵音……”

“怎么了？”

“嗯，就是说，一星期要做出一个射击游戏，是不是有点不太现实？”

贵音一直嫌老师太不负责，她心里对“最有趣的摊位”要求可是相当之高。

老师现在打瞌睡，十有八九也是因为昨晚通宵做游戏的缘故。一定是这样的，要不然不可能赶在学园祭之前完工。

还有一个星期就是学园祭了，老师必须要赶在那之前，完成所有的游戏编程。

这种工作量不是常人可以想象的。所以，虽然这次的错全在老师，但还是让人忍不住同情他。

不过，对贵音来说，老师累个半死也无所谓吧。

“你在说什么啊？惹麻烦的是老师，提出办射击摊位的又是你，你们这群家伙，最普通的手工活都不会做吧，那除了游戏还能做什么？”

说完，贵音流露出鄙视的神情，歪了歪脑袋。

说的也是……提出办射击摊位的的确是我。可我不会制作道具，我们的人手、经费也不够用。

这么一来，做游戏确实是个绝佳的选择，只用画画和编程就够了——当然，暂且撇开时间不够用这一点。

“好了好了，现在没时间废话，快动笔呀！没时间了！”

贵音一边说，一边拍手催我。我慌忙拿起笔，焦急起来。是啊，真的没时间了。

我今天的任务，是设计游戏里登场的敌人，也就是被射击的怪物，总共要画二十种，可是现在还一个都没画出来。

从下午一点开始，我已经对着画纸足足发呆了两个小时，设计毫无进展。今天要想完成二十个设计，恐怕做梦也不可能了。

但是……不行，怎么也画不出来。

我不是不擅长画画，要说风景画之类的，我还是经常会画的。

可人物设计就不行了，要从“敌人”这个出发点找灵感，我真的完全不行。

听到我的碎碎念，贵音好像看不下去了，一副无语的样子向我伸出援手。

“怎么了，一个怪物也想不出来？”

“是啊。我很少玩这种类型的游戏，所以不知道被射击的敌人应该长什么样子。”

我诚实地回答道。贵音小声叹了一口气，突然竖起食指：

“听好了！敌人的样子啊，就是那种让人看了就想击飞的东西，击飞以后还会充满快感，只要是这种东西，别管什么都行。说到底，游戏是让人发泄压力的，所以那种设计最受欢迎了。懂了吗？”

击飞后充满快感，这个描述有些抽象。不过，虽然我没怎么玩过游戏，贵音的话听起来还是很有道理的。

听老师说过，贵音玩射击游戏相当在行。这样的话，听她说的一定没错了。

不过，别说射击游戏了，我从来没击飞过什么东西啊。所以，“击飞后充满快感”到底是什么感觉呢？我还是想象不出那样的角色。

“嗯……那，这种类型的游戏，一般会有什么样的敌人出现呢？”

“比如说啊……射击游戏最经典的敌人角色，应该是僵尸吧。”

僵尸。

听到这个单词，我忍不住惊恐地颤抖了一下。

以前在电视上看过恐怖电影，那真的是相当可怕啊。

一大群僵尸从墓穴里爬出来，袭击手无寸铁的人类……然后……

“对，对不起，贵音，最好不要僵尸……”

“啊？僵尸不是挺好的吗？有，有什么不合适的？”

“也不是不合适……你看，僵，僵尸，不是实际存在的东西，对吧？有点不好想象……”

看到我痛苦万分的表情，贵音有些诧异，不过她并没有继续追问下去。随后，她灵光一闪，再次竖起手指。

“那你说，设计成动物形象怎么样？游戏里面经常出现的‘怪兽’，据说很多都是参考动物来设计的。”

“动物形象的怪兽啊……嗯，这个我应该能画出来！”

听到怪兽这个词，我首先想到的，是那部人尽皆知的动画片。

小怪兽可以进化成大的，还可以合体，我小时候迷得不得了。

回想起来，那段时间我整天都在画那部动画片里的怪兽。对了，我还自己设计过新的怪兽呢！

行得通。如果敌人角色可以设计成那样的怪兽，我已经可以在脑海中描绘出设计的大致轮廓了。而且，说不定今天内就可以搞定二十种。

“原来如此……明白了。谢谢贵音，我应该能搞定！”

我胸有成竹地握了握拳。贵音见状，露出满意的笑容。

“那就拜托你啦，要是现场出现什么Bug，我可不管哦。”

我们摊位的主要内容，是一个对战型射击游戏。

挑战者胜利的条件，并不是打到多少分数，而是打赢贵音。

之所以设定这样的胜利条件，根本原因还是怪楯山老师。他把我们班的学园祭经费全用光了，所以，最后我们能提供给胜利者的奖品，只有一个鱼标本。

奖品只有一个，那么也就意味着，只要有一个挑战者胜出，我们的摊位就只能关门大吉了。

万一第一位客人就打赢了贵音，那么这次学园祭将成为不堪回首的黑历史。

学园祭结束之前，一定不能把奖品送出去。可是，如果把过关分数定得太高，来玩游戏的挑战者一定会抱怨不断。

针对这种情况，贵音提出了跟她对战的形式。

“跟可爱的女孩子对战，就算输了也不会有什么怨言吧。”贵音如是说。的确，跟一个女孩子玩射击对战，就算输了也很难开口抱怨吧。

可是不管怎样，只要输掉一局，我们的摊位就没办法继续了。但是，看样子贵音对自己的水平相当自信。据说只要她不放水，对方肯定赢不了。

于是，就这样，在各种不确定因素的包围下，我们只能前进，没有退路。

距离学园祭只剩下一个星期了。在这段时间里，我们必须完成射击游戏的制作。现在时间紧迫，人手紧缺。

虽然眼前的局面不容乐观，但我的心情却有些难以言喻。

那是一种非常期待、非常兴奋的感觉。

“不管怎样，我们一起办一个最棒的摊位吧，贵音！”

“当然了，没有别的选项。”

说完，贵音帅气地笑了一下，我也不自觉地露出笑容。

“……啊，对了对了！”

贵音像是突然想起了什么，拍了一下手。我疑惑地歪头看着她。

“还没决定游戏叫什么名字呢！你昨天说回去想想的。”

啊，差点忘记告诉她。

我从书包里拿出文件夹，取出一张画纸递给贵音。

“嗯？这张纸是什么……啊，游戏的名字和Logo！你这不是挺能干的嘛！我看看……”

昨天晚上好不容易才想出这个名字。仔细想想，贵音将会是第一个出声读出它的人。

这个名字读出来的会是怎样的感觉呢？我有些期待。

贵音脖子上的耳机里依然流淌着摇滚乐，她像要确认什么一般，读出纸上的名字。

“……Headphone Actor。”

*

与寂静融为一体的秒针走动声，突然回荡在耳边。

看了一眼时间，马上就要到凌晨一点了。我刚才好像打了会儿瞌睡。

我靠在座椅靠背上，伸了个懒腰。椅子是开学时新换的，发出嘎吱嘎吱的声音。说起来，最近量身高的时候，发现自己又长高了。真是的，我不需要再高了，总是不打声招呼就随便长。长这么高没一点好处，又显眼，又容易撞到东西。

我把身体重心从靠背重新调整回椅子上，揉了揉眼睛。视线有些模糊了。

桌子被台灯的灯光笼罩，桌面上凌乱地摆放着动物图鉴和画纸，画纸上布满了橡皮碎屑。

画纸中央，第十九只怪物角色刚刚画好，我给它取名为“喵太郎”。

“……真不错。嗯，这些设计真的很棒！”

不愧是贵音，多亏了她。

本来绞尽脑汁都想不出设计方案，听了她的提示以后，我决定以动物为原型。之后，我的创作速度连自己都不敢相信。

在我看来，每只怪物都恰到好处地体现了原型动物的特点，每一只都那么活灵活现惹人爱，这一定是父母看到自己的孩子时的心情吧。

因为灵感源源不断，画作在愉悦与充实中一气呵成。已经很久没有这种感觉了，如此忘我和投入地画画，真的很开心。

“还差一只就到二十只了。贵音要是知道我画得这么快，肯定会吓一跳吧！”

别看她那样，其实很容易大惊小怪的。所以，要是她知道了，反应肯定很夸张。光是想象她吃惊的样子，我就有些忍俊不禁了。

贵音从来没有夸奖过我，这次看到我的画，她说不定会改变看法呢。

想到这儿，我早就忘记了时间，干劲再次高涨起来。好咧，加油画出最后一只吧！

我赶忙翻开动物图鉴，从刚才那一页看起。

“……咦，好奇怪。”

翻开的这一页上画的是牛。牛已经在刚才的“哞哞牛”里用过了，所以不能再当新怪物的原型。

是翻页的顺序出错了吗？

总之再翻一页试试吧。可是，后面的熊也已经在“熊金刚”里面用过了，也不能再当新的原型。

……不会吧。

一种不祥的预感袭来。我慌忙抱起图鉴，迅速翻到第一页目录的位置。

我从头一个个确认起上面的动物。狗、鹰、猪、乌龟……啊啊！真的是这样！

“我已经用过全部动物了……”

大意了。还有最后一只没有完成，我竟然已经用完了全部动物原型……

该怎么办？我对贵音立下豪言壮语，说今天一定会完成二十个设计，结果最后一个画不出来可怎么行……

而且，最后这一只是大Boss，要比别的怪物都强，所以设计上也要更加别出心裁才行。

啊，早知道刚才设计其他怪物的时候，就不把好几个混在一起用了。“熊金刚”这样的，要不就用熊，要不就用大猩猩，不要两个都用啊！

正在我大脑一片混乱的时候，突然，手机电话铃响了。

我迅速朝声音发出的方向搜寻起来，原来手机正在床上，提示灯一闪一闪的。

我慌慌张张地起身往床边走，顺带着瞥了一眼挂钟，凌晨一点了。这么晚了，是谁打过来的呢？

我拿起手机，也没看是谁打来的，直接接听了。

“你好。”

“哎呀，你果然还没睡，抱歉啊，这么晚打给你。”

电话那头是楯山老师。从他的声音里并不能听出慌张的感觉，但总有一种不自然流露出来。

我在床上坐下，伸开腿放松全身。

“没关系……有什么事吗？”

“哦，啊，没什么，就是关于学园祭的。”

楯山老师的语气果然有些奇怪，吞吞吐吐的。学园祭的事……会是什么呢？

没等我开口问，楯山老师切入了主题。

“我听贵音说了，你昨天也通宵画画来着吧。那个……怎么说，我觉得你今天是不是也在熬夜，别太勉强自己啊。”

哦哦，原来如此，这样啊。

明白了楯山老师的意思，我愉快地回答他：

“没有勉强啦，我画得很开心呢，手不由自主地就动起来了。”

这是实话。今天画画的时候，真的是下笔如神的感觉，画得特别顺利。

不过，我大概也明白，老师想说的不是这些。

果然不出所料，老师非常难启齿的样子，继续说了起来。

“话是这么说，要是把身体搞坏了，可就本末倒置了哦。就

算为了学园祭那天玩得开心，这段时间你也要注意休息啊……“

“……老师，别说了。”

老师还没说完，我强行打断了他。老师没有继续说下去，转而发出一声叹息。

短暂的沉默，房间里秒针跳动的声音变得格外清晰。

嘀嗒，嘀嗒，秒针准确地记录着时刻。不知从何时起，这种声响让我觉得非常恐怖。

对了，之前计算过一次。

我所拥有的时间，只剩下三千万秒了。这么一算，数字上倒是显得很多。可是，时间这种东西就是那么不可思议，除非亲自去经历，否则无法体会它的真正长度。

唉，已经这么晚了，一直沉默下去也不是个办法。我鼓起勇气，打破沉默，说出了心里的想法。

“……再怎么休息，反正我也只能活一年了。”

我的病是很守时的。

病魔杀死我母亲的时候，就是这样分毫不差，在医生推断的时刻准时降临。

而那位医生断言我只剩下一年的时间。所以，我会像母亲一样离去。

现在，我早已不再哀叹什么，也不再悲伤了。这多亏了父亲。

父亲的性格有些古怪。

他在研究所工作，具体是什么我也不清楚。他一向不喜欢说谎，也不会开玩笑。但是，在我十岁那年，当父亲告诉我“你估计六年以后会死”那一瞬间，我还是吃了一惊。

我们现在也算是住在一起，不过，父亲的工作很忙，我几乎见不到他。

我的日常起居和住院事宜，都是由家里请的全职陪护负责。

我所了解的父亲就是这样的。但是，听别人说，母亲去世以后，父亲就像变了一个人。

如此种种，我的人生确实有些灰暗吧。总是孤零零一个人，许多事情都没有机会去做。

“真可怜啊……”一位不认识的老奶奶曾经为我落泪。的确，在别人眼里，我的人生真的非常可怜吧。

但是，我并不觉得自己的人生有什么不好。

特别是最近这段时间，来到学校以后，又多了许多有趣的事情，我也找到了自己想做的事。

虽然剩下的时间不多了，但是仔细想想，这个世界上还有那么多人因为交通事故死去呢。人的寿命，其实是一种似有若无的东西。

只不过……“还剩一年”这个期限，似乎是注定无法改变的。所以，这次的学园祭，对我来说肯定是人生最后一次。

至于办摊位的事情，本来就算不能办，我也不会有什么意见。但是，恰好现在有了一个这样的机会。

“所以，老师，这次学园祭……我想努力完成它。”

听到我的话，老师无奈地叹了口气。的确，他也很为难，“真拿你没办法，好吧，那你加油。”——肯定不能这么说。

是啊，老师有老师的立场，如果我是他，一定也会发愁的吧。真对不起，我给老师添麻烦了。

不过，老师也没有训斥我，强迫我休息。他之所以不那样做的理由，我也大概猜到几分。

“……老师，其实你并没有在理事长面前拍马屁吧？”

老师没有说话，也没有回答我。我继续说道：

“要不然，贵音肯定不会参加，而我肯定也不好意思麻烦大家……所以，老师是故意编出这个故事的吧。”

其实，前段时间我在走廊碰到楯山老师和理事长谈话来着。当时的气氛……怎么说呢，并不愉快。

我们学校的理事长是一个只重视结果不看过程的人。我记得，当时他们两个的谈话内容，都是关于“升学率”还有“宣传效果”的。

那时候，楯山老师只是默默地听理事长说话，看起来根本不吃那一套，随便应付了两三句就走了。

楯山老师这样的性格，我无法想象他对理事长阿谀奉承的样子。

虽然贵音偶尔会抱怨楯山老师几句，但他总是为我们着想，是个非常好的老师。

我能进入现在这所高中，也是因为楯山老师和我父亲是老朋友，我常常受他照顾。能一起聊天的大人，也只有他了。

不论事实如何，我总觉得楯山老师是特意安排的，让我和贵音能一起参加学园祭，一起努力。

“就算做游戏，也是需要花钱的吧。而且，光靠学校给的预算是不够的。老师你才是，不会勉强自己出钱帮我们吧？”

听到我的话，老师大笑起来。

“我才没你说的那么伟大呢。而且，在理事长面前吹牛，这事儿是真的。那家伙太看不起我们班了，没忍住就……”

“啊哈哈，我能想象那画面。不过，老师，既然你那么说了，一定也是因为……”

我充满期待地说道。老师似乎觉得无法再隐瞒下去了，回答道："那当然了，哪有老师对自己的学生没信心的？好啦，不管你高不高兴，时间可是只剩下一周了哦。遥，再加把劲吧！"

"……好！我会加油的！"

"加油"，这是个充满魔力的词语，它的位置，就在"活着"旁边。

生命只剩一年，但是这一年里我能做的事情，都是有限的。环游世界对我来说不可能，假如想结婚，连法定结婚年龄都没到。

但是，对我而言，有一件事情可以为之付出努力，这比什么都重要。

"……那啥，现在已经一点了啊，你要睡了？"

"嗯，是该睡了，昨晚也熬夜到很晚，好困啊。"

说到这儿，我突然想起来了。

第二十只怪物的设计怎么办？到最后也没想出什么好主意。

我拿着手机站起来，看了一眼桌子。可是，动物图鉴已经没有可参考的了，凭空设计没那么容易啊……

"……有了！"

突然，灵光一闪，我不由得叫出声来。老师吓了一跳，在电话里问道：

“喂，刚刚还不说话，突然间怎么了？”

对啊，老师或许有我想要的东西。不，是肯定有。因为工作原因。

可是要不要说出来呢？老师会不会生气？

……总之，先试着问问吧。

“那个，老师，我想问你个问题可以吗？”

“问呗，啥事儿？”

“……你有贵音的照片吗？”

▶ lost days-2

秋天的红叶把人行道装点出别样的色彩。我差不多走了十分钟，每走一步，鞋底踩在落叶上，感觉十分舒适。

我拖着一只大大的行李箱，不过因为天气很好，心情和身体都处于最佳状态，一点也不觉得累。

虽然天气这么好，又是周末，可是这附近并没有什么娱乐休闲设施，路上的行人也十分稀少。或许因为这是片安静的住宅区，偶尔擦肩而过的，都是一些太太。

我与这些优雅的太太相互点头问候，躲过一辆辆婴儿车，一路奔向楯山老师的家中。

从今天起一直到学园祭开始，一共六天时间，我要住在楯山老师家里，跟他一起完成游戏制作。

要说为什么，理由相当简单。画好的人物设计要扫描、上色，还需要进行其他各种编辑，这些器材只有老师家里才有。

老师说，这些都是他过去做同人游戏时剩下的旧东西。要是全靠自己去买，那可是一笔相当大的费用。于是，我决定借用老师的器材。

不过，器材的体积都比较大，我总不能搬回自己家里，让老师帮忙送过来也有些过意不去。

前天晚上跟老师说了借贵音的照片的事情，说着说着，就说到了借用器材。老师对我说:“每天都跑一趟，那还不如直接住我家呢。”于是就这样，我开始了借宿生活。

“看见邮局以后右拐……”

我按照老师说的路线从邮局拐弯，一瞬间，刚才被行道树遮住的阳光倾泻下来。

虽说已经是秋天了，但是现在的季节，一不留神很容易被晒黑。这倒很合我意。我喜欢沐浴在阳光下的感觉，只可惜平时难得有机会出门。

行李箱的轮子发出咔啦咔啦的声音，我继续向前走，看到了老师所说的公园。

越过矮矮的围墙向里面看，沙池、滑梯、秋千,一系列经典设施里面，有一根大猩猩形状的柱子。

我脑中不由得浮现出“熊金刚”的可爱模样。话说，学园祭结束以后，我设计的这些怪物会怎么样呢?

投入了那么多心血，假如学园祭结束以后就默默地被人遗忘，实在让人心痛。对了，不如做一些徽章当纪念品吧！嗯，这是个好办法。

跟大猩猩柱子告别后，我再次踏上人行道。按老师讲的路线，他家应该就在公园旁边。

假如行人很多的话，我可能需要停下脚步观察方向，不过现在行人稀少，于是我就一边走，一边寻找老师家所在的位置。

虽然只听老师口头描述过他家的样子，不过，那座房子让人一眼就能认出来。

“红砖房子……嗯，也就只有这一栋了。”

我走上前去，确认门口挂着的名牌上面写着“楯山”两个字，轻轻按下门铃。

叮咚一声，门铃响了。我很少拜访别人家，每次这个瞬间都会让我特别尴尬。虽然老老实实等着就好了，可我总忍不住焦躁地动来动去。

可是没想到，等了十秒、二十秒、三十秒，还是没有人来开门。

好奇怪。前天的电话里，老师说他因为开会可能晚些回来，但是他女儿在家。

我只好试着从窗户里面看看情况。虽然有些不礼貌，但是如果窗户开着，可以看看里面有没有人。

不过室外太亮堂，从外面往里看，估计只能看到一片漆黑吧。

从我所处的位置，能看到二楼有三扇窗户，一楼……

……有人在那儿。

一楼正面最右侧的窗户里，有一个人影。看样子像是一位长头发的少女，正目不转睛地窥视着我。

不知道她从什么时候开始看的。而且，明明知道我在外面，却一动也不动。

“呜哇啊啊啊！”

恐怖片一样的剪影吓得我毛骨悚然。我大叫一声，一屁股摔倒在地。

屁股着地的同时，我的脑中浮现出各种猜想。

那个影子是谁？是老师的女儿吗？那为什么听到门铃也不来开门呢？太诡异了吧?!

但毕竟是老师的女儿，我还是好好打个招呼吧，这样坐在人家门前也不行啊，总之先站起来再说……

“咦?!不见了！”

我从窗口移开视线，摔倒，只是短短一瞬间的事情，连一秒钟都不到。

可是窗户旁站着的少女的影子，突然消失得无影无踪。

和刚才突然出现在视野里的惊吓不同，这次，我感觉脊背升起一股寒意。

突然，口袋里有什么东西振动起来。

“呜哇啊啊啊啊啊啊!!”

一连串的事情弄得我的神经极度敏感，我再次吓得大叫起来。这次的音量似乎比刚才还大。我马上意识到是手机在振动，不由得羞愧难当。唉，周围的邻居们，搞出这么大动静真是抱歉！

我看了看手机，有一封未读短信，发件人是楯山老师。

大概是担心我有没有顺利到达吧。问的正是时候，我可得告诉他，到了您家门口却没人给我开门。

我一边想一边打开短信，读完，我哑口无言。

内容非常简短："我收到女儿的短信，说你到了，房间在二楼，门开着，你自己进去吧。"

到底是什么情况？虽然事情充满了槽点，我暂且只想说一句。

——少女啊，为什么知道我在外面却不开门让我进去呢？

“……难道说，我被讨厌了？”

素不相识的，应该不至于……吧？

我含含糊糊地自言自语着，握住拉杆箱的把手。

再次眺望了窗户那边，没有人影。不过，看现在的情况，刚才那个影子十有八九就是老师的女儿吧。

实话说，自己推门进去让人有些不舒服，但是既然老师这么说了，我就按他说的做吧。

我拖着行李箱走近大门，深吸一口气，把房门打开了。

“打扰了，我是楯山老师的学生九之濑遥。那个……我进来了。”

我像是在演一出独角戏一般，走进房门。大概是刚才一直待在室外的缘故，屋子里显得异常昏暗。

走廊非常干净，从正面一直向前延伸。其中一扇门上写着“WC”，再往前就是通向二楼的楼梯了。楼梯旁边有一扇门，挂着门牌，看起来像是儿童房。走廊尽头那扇门后面，应该就是客厅了。透过门上的马赛克玻璃，可以看到室内透出的光。

我在玄关等了一会儿，可是并没有人出来迎接的迹象。老师的短信里好像说我的房间在二楼，看样子我应该自己先上去。

我脱掉鞋子，提着行李箱走进一楼。

他们知道我要过来，不过即便如此，这所房子本身就打扫得非常干净,不像是临时清扫的。

老师本人并不怎么爱干净，看看我们乱七八糟的教室就知道了。所以，家里这么干净，一定是老师女儿的功劳吧。

如果不是这样的话，真希望他平时也能分点精力打扫教室就好了。

楼梯前面是那间挂着门牌的屋子，我停下了脚步细看起来。

门牌上果然写着“儿童房”，和我猜想的一模一样，这让我有些惊讶。

刚才吓到我的人影，就是站在这间屋子的窗户旁边。看来，刚才盯着我的就是老师的女儿吧。

本想敲门打个招呼的，但是转念一想，这里面似乎有什么内情，于是我便放弃了。

从楼梯爬上二楼。二楼的走廊墙壁上是大大的玻璃窗，比起一楼，显得视野非常开阔。

环顾四周，可以看到几扇门，其中最里面的一扇是开着的。提着行李箱的手已经发麻了，我决定先进去再说。

进入房间，眼前的情景让我看得入了迷。

“好，好壮观……”

这是一间书房。

房间大概有十三张榻榻米那么大，除了门的位置以外，墙壁四面都是书架，里面塞满了书。

书架里有辞典，也有一些外文书，仿佛马上就会有妖怪跳出来一般，还有一些用绳子绑起来的各种各样的纸卷。从地板一直到天花板，整一面墙壁全是书，简直像贴了一层书本组成的墙纸。

我一边留意不要让行李箱的轮子弄脏地板，一边轻轻放倒箱子，被书本吸引着走进房间。

刚进门，就闻到了浓郁的墨香。我仿佛走进了魔法的王国，心跳都加快了。

有生以来从没见过这么多书如此密集地集中在一处。

不过，这个房间不像是老师的风格。按老师的性格，他的房间里会更随意散乱一些。

这么说，这里有可能是师母的房间。从如此大量的藏书判断，师母说不定是一位学者。

老师极少提起自己家人相关的话题，师母是做什么工作的，好像也没听他讲过。

师母是个怎样的人呢？

我正畅游在脑中的想象里，突然，五颜六色的书脊突然暗了下来。

“怎么了？”我吃了一惊，正在疑惑的时候，房门那边传来“咔嚓”一声。

一瞬间，我没反应过来究竟发生了什么。但我很快就明白过来了——门被关上了，而且上了锁。

“……把，把我关起来了?!”

我只好一个人郁闷地在房间里坐了一会儿。这时，门外传来脚步声。

有人来了。我赶忙跳起来。

会是谁呢？最好是师母，总之先帮我把门打开！

“那，那个！对不起！能不能帮我把门打开?!我不是坏人！麻烦了！”

我大声喊道。脚步声突然停住了，然后转换方向，朝书房走来。看样子是来帮我开门的。

不过，假如来人是老师的女儿，特意把我关起来，应该不会轻易放我出去吧。

来的人是不是师母呢？反正楯山老师不会这么快回来……

突然喀嚓一声，门锁响了，我本能地后退一步。门不容分说地打开，对面站着的，是一个身穿睡衣的少女。

她看起来刚刚起床不久，揉着惺忪的睡眼，黑色的头发散乱着。看起来她和我差不多大，是老师的女儿吗？

“你吵什么吵！叫唤什么呀！爸爸说了，不能随便进妈妈的房间……”

少女愤怒地斥责着，看到是我，突然停了下来，歪了歪脑袋说道：

“咦？不是修哉……吗？”

“修，修哉是……哪位？”

我被少女刚才的阵势吓得不轻，怯怯地问道。“呃……”少女犹豫着，呆站在那里。

她是老师的女儿吗？看样子应该没错了。不过，她和刚才站在窗边盯着我的少女似乎不是同一个人。

虽然我只是隐约看到那位窗边少女的影子，但是，不论头发长度，还是脸的模样，总觉得和眼前的女孩不一样。

而且眼前这位……

“那个，你是刚刚……起床吗？”

听到我的问题，少女涨红了脸。“啊……啊哈哈……”少女话音未落，一溜烟儿跑了。

“喂?!等，等一下，你怎么了?!”

少女不顾我的喊声，势头迅猛地冲下楼梯。

我冲出房间，本想追上去拦住她。可是，楼下突然传来了男孩子的惨叫声。我不由得停下脚步。

男孩的惨叫声？老师还有儿子吗？面对眼前的状况，我已经完全摸不着头脑。老师的女儿、窗边的少女、惨叫的男孩……这个家到底是怎么一回事？

正在我不知所措的时候，刚才的少女回到了二楼。她的肩膀一起一伏，大口喘着气。

联想到刚才惨叫的男孩，那过程想必相当惨烈。

少女的呼吸还没有平复，脸上带着勉强装出来的笑容对我说道：

“让你久等了，是九之濑遥吗？我听爸爸说了，对不起，刚刚闹钟好像被人动了手脚……弟弟妹妹们给你添麻烦了，我已经狠狠训了他们一顿……”

闹钟被动了手脚？弟弟妹妹们……我越来越搞不懂了。

我有一大堆问题想问，不过还是等她安静下来再说吧。

现在暂且只问一个问题。这种时候，问题的优先顺序必须要搞清楚才行。

“我叫九之濑遥……你的名字是？”

少女愣了一下，随后脸上的假笑消失了，露出真诚的笑容回答道：

“我叫文乃……楯山文乃。”

▶ lost days-3

二楼的房间，午后的阳光温暖而舒适。

“本来准备在这里接待你的。”我坐在客厅，面前摆着一杯温暖的红茶。

木质桌子中央放着一个点心盘，里面整整齐齐地摆放着曲奇饼，都是用小袋子分开装的。

小袋分装的曲奇饼，一定是非常奢侈的东西。对我来说，吃点心都是抱着一个大袋子……所以，这个曲奇饼竟然要用如此豪华的包装，一定无与伦比的美味。我根本无法控制自己伸向盘子的手。不过，要是不停地吃，这些点心很快就会被吃完的。为了控制吃曲奇的速度，我不由自主地变得话多起来。

“哎呀，真是大吃一惊，没想到老师竟然有四个孩子……嗯，刚才把我锁在房间里的孩子，是叫‘修哉’吗？”

“是的……唉，真不知道怎么跟你道歉才好……”

文乃坐在我对面，不好意思地低下了头。

刚才被关起来的时候，确实吓了一跳。不过，反正也没受伤，我一点也不觉得生气。话说回来，我这辈子有对别人生过气吗？好像还真没有。

“啊哈哈，没关系没关系。就当参加了一次逃生游戏好了，我还是第一次被人关起来，又兴奋又害怕，还挺好玩的呢！”

“啊？逃生游戏？啊，啊哈哈……”

我们继续着奇怪的对话。从书房脱身到现在，已经过去了半个小时。

文乃换下睡衣，穿上一件白色的连衣裙，外面披着一件米色开衫。

这样细看起来，文乃和楯山老师不是很像。头发的质感、漆黑的瞳仁、高挺的鼻梁，或许是像母亲那边多一点吧。我自作主张地认同了自己的猜测。

“不过，虽说是为了准备学园祭，就这么突然来你家借宿，真的打扰了。”

“啊，哪里哪里，别客气！爸爸很少带学生来家里的，我很开心呢！不过，我们家有点吵……而且……”

说到这儿，文乃移开了视线，“还可能有点危险……”她难以启齿的样子，最后加了一句。

我很少去别人家做客，听到这句话，稍稍有些吃惊。

危险是指弟弟妹妹们的“恶作剧”吗？刚才在书房发生了那样的事情，看来文乃就是这个意思吧。

看文乃刚才的样子，她平时也一定很伤脑筋吧。而她的弟弟妹妹们，大概就是所谓的“熊孩子”了。因为我没有兄弟姐妹，所以觉得非常好奇。

“嗯，不知道能不能跟你的弟弟妹妹们问候一下呢？毕竟，从今天开始我要在你家借宿好几天，至少应该做一下自我介绍比较好……”

“啊?!问候一下?!这个……我想想……”

听到我的提议，文乃支支吾吾的，显得非常犹豫，看样子并不是很欢迎我这么做。

本以为问候一下应该没什么关系，看样子有些不好说出口的理由，文乃并不想让我和他们见面。

啊，好在意呀。不过，这是别人家的事情，我还是不要刨根问底了吧。

借宿才第一天，还是不要把气氛搞得太尴尬吧，那样在老师面前也挺不好意思的。于是，我转换了话题。

“不，不行也没关系的！对了，我带礼物来了！很好吃的点心哦，你和他们一起吃吧。”

我打开行李箱，拿出了路上买的蛋糕卷。

路上我自己也吃了一块，这个蛋糕味道非常好，简直是极品。文乃他们也一定会喜欢的。

“啊，这不是那家特别有名的蛋糕店……麻烦你了，这么贵重的东西！”

“哪里哪里，当作借宿费的话还不够呢！来，拿着吧拿着吧！”

我把蛋糕塞给文乃。

文乃非常不好意思地接受了礼物，然后突然像是想起什么事情，“啊”的叫了一声。

“对了，也不是回礼……那个，你吃午饭了吗？我正要准备午饭，你想吃点什么吗？”

现在是午饭时间。文乃亲自下厨啊……好期待她的手艺。

我的内心已然在呼喊：“当然想！”就差把手高高地举起来，以便充分表达自己无比激动的心情。但我还是忍住了。因为，老实交代，我在来的路上已经吃过一顿咖喱饭了。

吃完咖喱饭到现在才过了一个半小时，现在就吃下一顿饭，怎么说也有点太早了。

也不能一直犹豫着不回答，所以，我在心里艰难地作出了断，选择了婉言谢绝。

“……其实，我来的路上已经吃过饭了，谢谢你的好意。”

话音刚落，“咕噜……”一个声音仿佛试图盖住我说的话。显然，这是我的肚子发出的。

我慌忙想要辩解，却还没有组织好语言，已经太迟了。

果然，我肚子咕咕叫的声音，文乃听得一清二楚。她的目光落在我的肚子上，说道：

“不要太客气呀！正好我一个人也吃不了那么多。”

啊啊！好羞愧。才刚说完自己吃过饭，肚子为什么偏偏要在这种时候叫起来啊！

搞得我好像一个怎么吃也吃不饱的饿死鬼似的！虽然确实有点饿了。

……更准确地说，我肚子还留着很大一片空白。唉，怎么办？既然已经这样了，干脆就恭敬不如从命吧。

不行！不行不行不行。绝对不可以。不管怎么说，这么短的时间之内，吃这么多顿饭，实在有些说不过去……

“那，那我就不客气了……嘿嘿。”

就今天这一次。就今天破例一次吧。

下午要准备制作游戏，假如肚子半饱不饱的，肯定也会影响效率。

我在脑海中拼命说服自己。看到我的样子，文乃忍俊不禁，说道：“那我就多做一点哦。”

文乃真是个温柔的好孩子。相比之下，我简直是节操丢尽……

我羞愧难当，脸涨得通红，低着头小声说了句："谢谢……"

"我要去厨房做饭了，不过先给你简单说一下吧……"

文乃说着，手指着房间的一角。

那里放着一张简易的折叠式桌子，一台有些旧的电脑，还有扫描仪、键盘等等。

"东西都在那儿，应该就是全部了。爸爸准备好就走了，我不是很懂这些这些机器……抱歉，你知道怎么用吗？"

一眼看上去似乎没有什么特别复杂的机器，就算有不懂的也可以用手机问老师，或者上网查就是了。

"嗯，没问题。总之我先试试看吧。"

听到我的回答，文乃放心地点了点头，拿着我送的蛋糕卷站起身来。

"饭做好以后，我会端过来的。这段时间请多多关照啦。啊，对了，还有一件事……"

文乃走到门口，语气有些黯淡地说道：

"关于我的弟弟妹妹们，嗯……因为一些原因，你可能没办法直接跟他们打招呼或者说话。"

话题出现得太突然，我愣了一下。

"嗯？啊，嗯，完全没关系！嗯……一些原因是指……生病了吗？"

"啊，不是的。不是因为生病。只是稍微有些和普通人不一样的地方……"

从我的角度并不能看清文乃的表情。但是，从她的声音里可以隐约听出一丝紧张的情绪。

文乃慎重地选择了一会儿措辞，随后继续说道：

“所以，就算在家里碰到他们……就算发生什么‘不可思议的事情’，也希望你不要介意……”

文乃的话让人难以琢磨，我疑惑地歪了歪脑袋。

“不可思议的事情”是什么呢？希望我不要介意……可是到底不要介意什么东西呢？我有些摸不着头脑。

不过，既然这是不能直说的事情，我最好还是不要追问了吧。

每个人总会有那么一两件不能告诉别人的事情。我自己也是有的。总之，这次就不要因为好奇心打破砂锅问到底了。

“……嗯，我知道了。我不会介意的，你放心吧。”

我从远处也能感觉到，文乃露出了安心的表情。

“真，真的吗？太好了……哎呀，真是抱歉，突然说出这些奇怪的话来。我做好饭马上端过来哦。”

说着，文乃转身冲我点了点头，离开了房间。

随着轻快的脚步声，文乃走下楼梯，脚步声渐渐消失了。

“不可思议的事情”……文乃不愿直说的样子，让人不由得在意起来。

她的弟弟妹妹们或许有什么特殊情况吧。不过，假如是可能给人添麻烦，倒是可以理解。但不可思议的事情……会发生什么呢？

不可思议的事情啊……如何是好？万一和我碰面的瞬间，他们突然消失，或者飞起来，或者变身的话……

"……怎么可能呢。"

我对自己毫无创意的想象有些无语。

终于回到一个人的状态，我这才意识到自己刚才其实一直有些紧张。大概，和其他人相处的时候，总是难以彻底放松吧。我垂下肩膀，松了一口气。

的确，仔细想想，同龄人里，和谁在一起面对面说话我会不紧张呢？能想到的只有一个人。

我倒头平躺在床上，眼睛看着天花板，然后不由自主地闭上了眼睛，脑海中浮现出那家伙的样子。

黑色头发，眼神有点凶，小小的嘴巴，过瘦的身体，个子不算高，态度总是不屑一顾，凶巴巴的口头禅，还有偶尔闪耀的笑容……

不可思议。

只是闭上眼睛随便一想，她的身影就会如此清晰地出现在眼前。

唉呀，我好笨啊。根本没必要特意找老师借她的照片。只要闭上眼睛，就能想起她的样子，比所有照片都更加生动。

想着想着，突然没来由地，很想呼唤她的名字。

反正没有别人，小声叫一下，应该没关系的吧。我深吸一口气，一边想着她的样子，一边叫出声来……

咚咚咚。

“……贵……呜哇啊啊啊啊啊啊!!谁?! 谁在敲门?!什么事!!”

敲门声毫无防备地响起。我惊慌失措，从床上弹了起来。从仰卧的状态一瞬间弹起，我的背部传来一阵钝痛。

哎呀呀，真是吓死了。差点酿成不可挽回的黑历史。我正襟危坐，忐忑不安地等待敲门的人进来。

是文乃吗？不过，饭应该不会这么快就做好吧……

“我进来了。”

推门进来的，果然就是文乃。不过，她并没有带着餐具过来，不像是来送晚饭的样子。

文乃进来以后，径直朝我走过来，然后和我面对面坐下。

比起刚才，她的表情看起来柔和了许多。

“怎，怎么了？发生什么事了？”

对于我的问题，文乃摇了摇头。

“没有什么特别的事情，就是想跟你聊聊。”

“哦哦，当然可以……”

本想问问午饭怎么样了，可是这样听起来好像在催促别人，还是不问比较好。于是我继续说道：

“你想跟我聊什么呢？”

“嗯。其实，有件事情想开门见山地问问你……”

说完，文乃盯住我的眼睛。她的眼神仿佛在对我说，接下来的问题，绝不可以撒谎。

我仿佛被那锋利的眼神刺到一般，猛地直起身子，全神贯注地等待她的问题。

还没做完午饭，却突然跑过来问我问题。会是怎样的问题呢？

看到我已经做好准备，文乃脸上突然露出一丝狡黠的笑容，随后，抛出一个我万万没想到的问题：

“……我想问，你刚才是不是在想什么下流的东西呢？”

这和我预想的剧情相差甚远。我像被人用上勾拳毫无防备

地击中腹部一般，心脏骤然停跳一拍。

“下，下，下流的东西？文乃你在说什么呢?!”

刚才确实想了一下……她。可是，又没想什么下流的事情！简直是无中生有、捏造事实!!

想到这儿，我慢慢冷静下来。

她又没有超能力，怎么可能知道我心里在想什么呢？所以，文乃说的“刚才”，应该是指敲门之前。那么，她是在问我们两个一起聊天的时候吗……

“你慌什么啊？真可疑……果然猜得没错，刚才我们聊天的时候，你用下流的眼神看我来着！”

说完，文乃用犀利的眼神看着我。果然是说刚才啊……真是的，我还以为莫名其妙被施了读心术呢，紧张死了。原来如此，还好还好……

不对，好什么好！我用下流的眼神看她了？看文乃?!怎么可能!!

总不能就这样莫名其妙地蒙冤，我立刻反驳道：

“没，没有啊！好奇怪啊，文乃，突然发生什么了?!我，我做了什么事让你觉得不舒服了？”

“不是什么做了没做的！反正男人全都是色狼!!我说的没错吧?!”

天啊，她在说些什么?!

文乃嘴里跑出各种莫名其妙的话，态度变得咄咄逼人起来。

好奇怪，她到底怎么了？刚刚还觉得她是个温柔贤淑的好孩子，现在变成这样，简直是多重人格。

先不管别的，我现在该怎么办呢？看样子，再怎么否认也没用……

算了，随她说吧。

“嗯……那，那你说，怎么做你才能原谅我？”

“怎么做？”

听到我的话，文乃的质问戛然而止，她思索片刻，开口说道：

“那这样好了，你再也不许用下流的眼神看我。如果能遵守，我就原谅你。”

“可是，我根本就没用那种眼神看你……”

“你快说能不能遵守!!”

“咚”的一声，文乃重重地拍了一下桌子。

啊啊！怎么会变成这样！我闭上眼睛，忍痛无奈地回答道：

“啊啊……我再也不会用下流的眼神看你了！说到做到！”

简直……我在说些什么啊！

“嗯嗯，说到做到哦？”

说完，文乃露出欣然的微笑。经历了刚才一番劈头盖脸的恫吓，我实在难以从这笑容里读出任何可爱的成分。

闹腾了一场，文乃看起来终于满意了。“那我先走了，打扰了。”说完，文乃哼着歌离开了房间。

这辈子听过无数“打扰了”，这还是头一回觉得自己是真的被打扰了。

啪嗒一声，门关了。房间回归寂静，只剩下我一个人。

刚才到底是怎么一回事？我精神上受到了巨大的打击，怅然若失地呆坐着。

文乃……本以为她是个温柔善良的孩子，没想到竟然还有这样一面。

她刚才的样子，真的很不寻常。文乃是不是背负着什么巨大的精神压力呢？这么说起来，她似乎一直费心费力地照顾弟弟妹妹们，难道是因为这个……

我呆呆地望着墙壁，漫无目的地思索着文乃奇怪的举动。突然，敲门声再次响起。

“什么鬼……”

又是突然袭击，我吓得跳了起来。一天里居然两次被敲门声惊吓，今天是倒了什么霉？

啊，敲门的应该还是文乃。除了她没别人了……

“打扰了。”

果然是文乃。

“咦，你怎么了？”

我的表情依然保持着刚刚僵硬的样子。文乃注意到我的不自然，愣了一下，歪着脑袋问道。

“没，没什么。哈哈。”

我试图补救一下，却怎么也笑不出来。

她难道不知道吗？不是我怎么了，就是因为刚才那件事啊，我还能微笑着迎接你进门吗？

“哦……这样啊。抱歉啊，让你久等了。冰箱里剩的食材不多了，所以我刚刚出去买了一趟……”

说完，文乃弯下腰，双手抱起脚边放着的一只大碗，然后端着碗走过来，稳稳当当地放了在桌子上。

一瞬间，热乎乎的蒸汽伴随着酱汁的香味扑鼻而来。

“我做了中式盖浇饭。嗯，不知道合不合你的口味。”

我脸上的阴霾立刻消失得无影无踪，露出灿烂的笑容。

凉了可就不好吃了，绝不能那样暴殄天物。我的手径直拿起筷子，双手合十说道：

“我就不客气了……”

——等等。总觉得哪里好像有点不对？

说了一半的话在嘴边停住了，一种莫名的异样感涌上心头。

文乃在一旁担忧地看着我。

“你还好吗？啊，你是不是不喜欢吃中式盖浇饭？”

“啊，不是的不是的。只是觉得……”

显然，这种莫名的感觉只有一个原因。一直沉默下去气氛会变得很尴尬，所以，我决定问问到底是怎么回事。

“文乃，你刚刚说出去买做饭的材料了，对吗？”

文乃好像并没有理解我问题的用意，脸上露出讶异的表情回答道：“是呀。”

果然是这样。可是，这么一来事情就有点奇怪了。

假如她真的去买东西了，怎么会有时间来问我那些奇怪的问题？

先买东西，然后做好饭，再跑来我房间发神经……这么短的时间应该不可能。

“啊，对了……你看，我还拿着收据呢。”

文乃从开衫的口袋里拿出一张收据递给我。

海鲜、蔬菜，还有肉馅、咖喱粉，这些大概是准备晚饭用的吧。收据上的的确确印着各种做饭的食材。

再看结账时间，按照文乃第一次从房间出去的时间推算，是恰好吻合的。

我的目光再次落在饭桌上。

这碗中式盖浇饭……怎么看也不像是速冻食品做成的。食材切得大小不一，而且还放了南瓜，这种食材可是没有半成品的。

也就是说，这的确是文乃亲手做的。而且，料用得这么足，估计花了不少时间吧。也有可能是事先做好的？但是看到刚才的收据，这个可能性也排除了。可是，文乃刚才在房间里大发神经，也是不可否认的事实。

越想越觉得不可思议。

要说不可思议的话……我突然想起一种可能。

虽然，可能性也很小吧。

“文乃，我想再问你一件事情。”

文乃似乎有些困惑，但还是微笑着点了点头。

“你有没有……双胞胎姐妹？”

我苦笑着问道。问完以后，我自己都觉得这个问题蠢爆了。听到我的问题，文乃显得有些不自然，仿佛在努力思考这个问题的用意。

也是啊，如果我突然被人问有没有双胞胎姐妹，肯定也会觉得莫名其妙。

可是，文乃突然像是意识到了什么严重的问题，吃惊地叫了一声，睁大眼睛看着我。

“难，难道说，刚才我做饭的时候，有人来过这里?!他说什么了?!”

我们对话的气氛再次紧张起来，但是和她刚才逼问我的态度完全不同。文乃靠近我，看起来真的很焦急。

没想到她会追问下去，我一时有些不知所措。但是既然她问了，我就把刚才发生的事情如实说了一遍。

被误会用下流的眼神看她，然后被迫发誓再也不那样做。最后，当事人非常满意地走了。

听我说话的过程中，文乃的脸渐渐地红了。看到她的样子，我不由得感觉自己好像在做什么坏事一样。

说完，文乃一言不发，默默地站起身来，朝门口走去。看样子，她是要去“处理”什么吧。

不明真相的我只好对着文乃的背影喊道：

“下，下手不要太狠哦……”

“如果我能忍住的话。”文乃平静地回答道，随后离开了房间。

真是让人惊讶。

原来，文乃刚才说的“不可思议的事情”，是指她有一个双胞胎姐妹！

嗯，还好，文乃果然是个善良的孩子。刚才不舒服的感觉，现在已经完全消失了。

那么，接下来——

眼前是已经凉掉的盖浇饭。我再次双手合十。

“那么我就不客气了。”

话音刚落，楼下传来了凄惨的叫声。看样子，文乃下手的时候，还是没能忍住呢。

米饭有点夹生，我一边吃，一边疑惑地歪了歪脑袋——为什么楼下传来的惨叫声，是男孩子发出的呢？

lost days-4

“哎呀哎呀，我的运气真好！”

凌晨一点，花草树木也在昏昏欲睡。

我从附近的便利店回到老师家，一走进玄关就迫不及待地打开购物袋，随后，笑容绽放在我的脸上。

购物袋里，除了饮料和零食，还有两个小小的布丁。虽然“小小的”听起来好像不是特别高档的感觉，可是，在便利店出售的布丁里，正是这种“小小的”才是最奢侈的。如此高档的布丁，为何我能拥有两个呢？

没错，无须惊讶，第二个是我抽奖抽中的！

哎呀哎呀，我的运气真是太好了。我对抽奖从来没什么自信，说不定，这个布丁蕴含着无比神奇的力量。Good job!

而且，只不过买了几十元的东西，就中了这么高级的奖品，便利店真是慷慨呢。

这样做不会亏损吗？我有点担心……不过，既然已经抽中了，总不能把东西还回去吧。于是，我轻声说了一句：“谢谢！”

还有两天就到学园祭了，游戏制作也终于渐入佳境。

不过，我的工作已经基本完成了。给“熊金刚”们上完色，剩下的只有背景图的绘制了。

渐入佳境的，应该是老师那边。老师已经连续几夜通宵作战了。每天晚上，听着老师痛苦的呻吟声，我真是自愧不如。

可惜，游戏编程需要相当专业的知识，我想帮也帮不上。于是，这几天我就担起了买东西的差事。

当然，我总会顺带着买好自己的宵夜。没错，这就是所谓的双赢。咦，好像有哪里不对，不过，就这样吧。

不能磨磨蹭蹭的了，刚才老师说想喝咖啡，得赶快送过去。我脱下鞋子进了屋。

走到楼梯也没多远，于是我没开灯，用手扶着墙壁摸索着前进。

这么晚了，老师的家人肯定都睡着了，千万不能吵醒他们。我注意着自己的脚步，尽量不发出声音，小心地、谨慎地……

这样一步步前进，来到了挂着“儿童房”牌子的房门口。

一瞬间，刚刚来到老师家那天发生的事情浮现在脑海。被关在书房，被威胁不许用下流的眼神看文乃，到现在已经过去四天了。

不可思议的是，从那天起，我再也没有见过文乃的弟弟妹妹们。

的确，我在房间里埋头做游戏的时间比较多。可是，毕竟在同一个屋檐下，怎么会一面也见不到呢？

而且，这四天里我每天早上都会去上学，洗澡也是借用他们家的……

我一边想着文乃的弟弟妹妹们，一边留意不要把楼梯踩出嘎吱嘎吱的声响，一阶一阶地爬上二楼。

那天，文乃对我说过，希望我不要去在意他们，我也答应了。

所以，我一直遵守承诺，即便见到文乃，也不会提起他们的事情。但是说实话，心里的好奇很难彻底消除。

第一天来的时候，文乃的弟弟妹妹们到底为什么要对我做那种恶作剧呢？为什么文乃不让我跟他们见面呢？

果然还是好在意。可是，也没办法开口去问。

“咦？”

我郁闷地爬上楼梯，来到二楼的走廊。本想径直走向老师的房间，突然，我停下了脚步。

不知为何，我借住的房间门半开着，里面透出灯光。

刚才出门前忘记关灯了吗？不可能，我仔细检查过，肯定关上了。那到底是怎么回事……

嗯？

那是什么？逆光下有点看不清楚，门下面好像有什么东西在蠕动……

咦，怎么回事，看样子好像朝我这边过来了?!

喂喂！什么情况?!发生什么了?!

“好痛……”

门缝里飞出一个小小的影子，猛地冲到我面前，咬住了我的右脚。

一阵疼痛袭来，我差点叫出了声，还好忍住了。怎么回事?!什么东西在咬我?!

好不容易甩开脚上的东西，我正要蹲下查看，半开的房门突然整个打开了。

明亮的光线从房间透出，勾勒出一个少年的剪影。

“花，花绪！不可以这样！”

少年慌慌张张地从房间里跑出来，找到那个小东西的位置，手法娴熟地捉住了它。

在光线的照耀下，我终于看清了黑影的真相。我忘记了疼痛，也没有马上辨认少年是谁，而是叫出了那只小动物的名字。

“仓，仓鼠？”

少年抱着这只名叫“花绪”的仓鼠，在我面前蹲下来，十分担心地盯着我的脸。

“那，那个……你没事吧?!对不起，对不起，真的对不起……”

他看上去比我小一两岁的样子，黑色的头发看起来硬硬的，刘海的部分用发夹夹了起来。

少年穿着白衬衫、工装裤，给人一种常在户外活动的感觉。但是，他的性格却与外表完全不同，看起来非常胆小怯懦。

他好像做坏事被人抓住一般，不停地低头道歉。我赶忙盘腿坐下，对他说道：

“别、别害怕！我没流血，不要紧的！好吗？”

刚才大致看了一下脚上的伤势，还好仓鼠嘴下留情，被咬的地方并没有什么大碍。

听到我的话，少年露出放心的表情。

“真的……没关系吗？”

其实还是有点痛的，不过看到少年湿润的眼睛，无论如何也不能实话实说。

我尽力做出一个灿烂的笑容，回答道：“真的没关系！”

“你是……文乃的弟弟？”

听到我的问题，少年露出怯生生的表情，点了点头。

“是，是的。我是……所以，你果然要告诉姐姐吗？”

说完，少年害怕地颤抖起来。打小报告什么的，这里又不是军队。而且，看他害怕成这样，我也能猜到，文乃生起气来一定相当恐怖吧。话说，第一天来的时候就听到过惨叫呢。哎呀哎呀……那可真是记忆犹新。

“不会的不会的！呃，我们是第一次见面，相互介绍一下吧？”

说完，我向少年伸出手。这是世界通用的表示友好的方式。

“我叫九之濑遥。你呢？”

少年改用另一只手抱着仓鼠，用空出的手回握。

“我叫幸助。你好……”

原来是叫幸助。我突然想起第一天来到这里的时候，文乃当时叫过一个弟弟的名字，好像是“修哉”来着？那他们两个应该是兄弟吧？幸助是哥哥吗？或者修哉是哥哥？真是的，越来越好奇了。

“那，那我就下楼了。刚才真的抱歉，这么晚打扰你。”

幸助站起身，又鞠了好几个躬。

他大概要去睡觉了吧。已经这么晚了，确实该睡了。虽然很想跟他多聊几句……还是让他好好睡觉吧。嗯。

“嗯嗯，那就晚安……”

等等，说不定他不是去睡觉呢？说不定……

我突然带着一丝莫名的期待，没有把话说完。

可是，留住他然后怎么办呢？可是，忍不住想问一下。

我也不是想对别人家的事情刨根问底，应该没关系吧。只是想跟他聊聊天，仅此而已……

“幸助，等一下。”

“……嗯，怎么了？”

幸助疑惑地歪了歪脑袋。

我拿起一旁的超市购物袋，取出一只布丁，问道：

“你喜欢……吃布丁吗？”

*

“我，我还是第一次吃到这么好吃的布丁！平时我只吃那种三个一组的……”

我和幸助在桌子旁面对面坐下，他露出了无比幸福的表情。

呵呵呵，你还是太天真了。三个一组的布丁，可是有着一种名为“普通”的魅力。等你看过花花世界，最后还是会回到原点的……

我脑中循环着一个吃货的自我修养，也吃起了另一个布丁。嗯，美味。

给老师送宵夜时，他看到我和幸助在一起，吓了一跳。

老师说，文乃的三个弟弟妹妹都非常认生，不会随便跟人亲近。

幸助听到老师的话，显得有些害羞。原来如此，之所以见不到他们三个，原来是这个原因。

“仓鼠跟你好亲近呀。”

刚刚被幸助抱着的仓鼠花绪，现在正乖乖地趴在他的肩膀上，一点也不闹。

“嘿嘿嘿……我们是好朋友。”

说完，幸助充满怜爱地抚摸了一下花绪的后背，花绪舒服地扭了扭身体。

“九之濑遥，你是来准备学园祭的对吗？我听姐姐说的。”

“没错没错，是我们高中的学园祭。啊，幸助也来玩吧？会有很多好玩的摊位，每年都可热闹啦！”

可是，对于我的邀请，幸助有点抱歉地摇了摇头。

“谢谢你……我很想去，可是我不太擅长去人多的地方。而且那天刚好有点事。”

说完，幸助露出失落的表情。是啊，老师刚才也说过他很认生的，我不应该那样邀请他……

慌乱中我试图说点什么弥补刚才的过错，不过幸助先开口了。

“啊，不过，我姐姐……还有其他两个人，他们说会去玩的。”

“真的吗！另外两个也会来吗?!”

有点……不，是非常意外。

实话说，我以为他们已经非常讨厌我了，没想到竟然会来学园祭玩！

好开心，喜悦之情不由得显露出来。

我笑着说道：

“哎呀哎呀，好开心啊！大家要来我们的摊位玩，感觉一下子有了干劲！”

幸助也绽开笑容对我说：

“我也会支持你们的！真的，如果没有别的事情，我本来也想去的。”

“啊，你刚才说过有事呢。是不是……有什么特别紧急的事情？”

“嗯，稍微有点。”幸助回答道，“我想去打工，那天要参加一个送报纸的面试。好不容易我这个年龄他们也愿意接收，所以实在不想放弃这个机会。”

原来如此。可转念一想，眼前的幸助看起来不过才十三四岁的样子。这么小就要去打工吗？为什么呢……

我一时间不知道该说什么才好。幸助像是察觉到了我的疑虑，继续说道：

“因为我觉得必须要做出改变。自从妈妈去世以后，大家都在努力，我不能一直这么胆小怕事……”

说到这儿，幸助注意到我的神情有些不对，停了下来。

不是吧，等等。刚才，幸助说什么来着？

妈妈去世以后……他们的妈妈不就是老师的妻子吗？

不会的不会的，这不可能，老师对这件事只字未提啊。而且从开学到现在……不，很久以前一直到现在，我从来没见过他显露过一丝悲伤的表情。

进入第二学年以后，也没有发生任何变化……

“……老师的夫人，去世了吗？”

听到我的疑问，幸助看起来有些惊讶。

“爸爸没有说过吗？”

我默默地点了点头。

幸助好像猜到了我的疑虑，低头沉思了一下，无奈地叹了一口气。

“他好像不愿意在别人面前露出悲伤的样子……在我们面前，也从来没有哭过。我觉得，爸爸一定是不想让你们担心。”

原来，老师是怕我们担心，所以才不愿意提起自己的伤心事啊。原来，他平时在我们面前笑得那么开心，其实都是在强颜欢笑。

也许，他也曾一个人在角落偷偷落泪吧。想起老师的笑容，我心痛不已。

“……我们没能照顾老师的感受。”

幸助摇了摇头。

“不是这样的。爸爸提起你的时候非常高兴，说你是他的‘得意门生’呢！”

听到这里，我不由得鼻子一酸，差点哭出来。但是在幸助面前，我还是努力忍住了。

“真是的，在我们面前从来没说过。”

听到我的话，幸助苦笑着回答道：“因为那时候他喝醉了。”

原来是喝醉了。不过，总觉得脑海中可以想象出当时的画面。

说到这儿，幸助好像突然想起了什么，啪地拍了一下手：

“啊！我想起来了，那时候他醉得可厉害了，还跟姐姐说‘下次带他过来当你男朋友’，换作平时，他都是说如果姐姐嫁人他就不活了之类的。”

说完，幸助笑了起来。可我听到这话，一下子愣住了，第一天发生的事情在脑海浮现出来。

“啊哈哈，这个……怎么说呢，哈哈……”

“真的很奇怪吧。然后其他几个人还当真了，说一定要保护好姐姐什么的……你怎么了？”

唉，幸助啊，你当时是不是刚好不在场呢？“保护姐姐大作战”似乎真的执行了哦。嗯，还是用十分粗暴的方式。

请放心吧，我这辈子绝对不会用下流的眼神看文乃的。

我尴尬得不得了，想尽快结束这个话题。

“幸，幸助，时间不早了，该睡觉了吧。”

“嗯？啊，真的，已经两点了。对不起，打扰你这么久。”

幸助拿起吃完的布丁盒，站起身来。

花绪丝毫没有受惊，依旧稳稳地趴在幸助的肩膀上。嗯，他俩关系真好。

我也站起身来，想送幸助出门，幸助连忙劝我回去。

“别客气啦。”我一边说，一边跟在幸助身后，送他走出房门。

“打工的面试，要加油哦！”

听到我的鼓励，幸助露出灿烂的笑脸：“学园祭，你也要……”

话才说到一半，幸助突然低下头，手掌撑着额头，捂住了眼睛。

我吓了一跳，慌张地拍着幸助的后背。

“我，我没事。就是猛地站起来有点头晕……”

幸助轻描淡写地说道。可实际情况看起来并非如此，他的心跳非常剧烈。

“真的没事吗？要不要帮你拿药过来……”

“很快就会好，不要……紧……”

幸助扶着额头，脸色发青，身体微微地颤抖着。我没有说话，继续轻抚着他的后背。

过了一阵子，幸助好像恢复了，他直起身子，手也从额头上放了下来。不知为何，他脸上的表情带上了淡淡的悲伤。

“对，对不起，麻烦你了。”

“没有没有，你真的没事吗……”

我还没说完，幸助马上接道：“我没事的！”也许问得太多反而会让他不知所措吧。于是，我没有再追问下去。

我再次目送幸助离开。走到楼梯口，幸助回头看着我，脸上悲伤的神情依旧没有褪去。我无法猜出他心里到底在想些什么。

那天的工作完成得很快，我早早钻进了被窝。可是，师母去世的事情一直在脑海里挥之不去，终究还是难以入眠。

那间全是书的房间，果然是师母的房间。她到底是一个怎样的人呢？

一定是个非常疼爱孩子的、温柔的母亲。也许，文乃对他们百般关照，也是因为母亲去世的缘故。

幸助一定也是这样。为了改变自己，全力以赴地努力着。

这么一想，这股力量不禁让人由衷地钦佩。就算不在身边，她依然能给予大家活下去的力量。

相比之下，我能给予别人活下去的力量吗……不知道，很难说呢。

思考了一阵子，意识变得模糊起来。

大脑仿佛松散的线轴，自我也好，一切与“我”有关的事物，全都渐行渐远。

回过神来，眼前是混杂着彩色的黑暗。感觉不到害怕，也感觉不到任何东西。

大概，所谓“死亡”就是这种感觉吧。想到这儿，最后一丝残存的意识也消失不见，我坠入深不见底的睡眠之中。

lost days-5

黄昏的阳光，把寂静包围的鬼城染成鲜红色。

荒无人烟的街道上，目光所及之处，“异形怪物”蠢蠢欲动。它们进化出各色各样的形态，霸占了这个本应是人类主宰的世界。

突然来袭的怪物，只用了一个月的时间，就彻底破坏了地球本来的样子。面对它们坚固的防御、凶猛的攻击，所有生物都束手无策，终于濒临灭绝。然而——

有一个少女站了出来。

砰！随着震耳欲聋的枪声，夕阳中划过一道橙色的闪光。与此同时，扑向枪口的怪物“熊金刚”瞬间炸裂。

突然，一只白色的爪子穿透飞溅的血沫，猛地朝少女脸上伸来。爪子几乎已经蹭到了少女的鼻尖，少女灵巧地躲开，冷静地举起枪。

白色爪子的怪物是一只猫怪，名字叫做“喵太郎”。因为扑了个空，喵太郎失去平衡，腹部要害毫无防备地显露在少女面前。

少女毫不留情，飞速按动扳机，一枪命中。喵太郎腹部中枪，发出痛苦的嚎叫，随后炸成了碎片。鲜血淋漓之下，少女的目光锁定了一条搭了防雨拱棚的街道，那里原本是商店街。

街道里，几十只怪物发出可怕的呻吟，逼近少女所在的位置。

少女调整呼吸，手中的枪舞动起来。弹壳从枪托附近滚落，落在柏油路上，发出清脆的声响。

换弹夹的同时，少女再次把枪口对准怪物，开口说道：

“在我的枪口下，谁也别想活命！”

话音未落，枪口再次发出轰鸣，火光四射。

一发、两发，连续不断的扫射仿佛激光束一般，怪物的群落瞬间四分五裂，血沫飞溅。

少女狡黠一笑，丝毫没有被怪物的阵势吓倒，反而显得游刃有余。

一波又一波，怪物不断地涌上来，无休无止的感觉令人绝望。正在这时，少女放出最后一击，鲜血染红的街道彻底平静下来。

……

我的脑内小剧场正释放着无尽的想象力。看到那让人叹为观止的游戏技巧，我不禁连连感叹。

“闪光舞姬·ENE”。

那是我所不了解的，贵音的另一面。

*

学园祭当天。

多亏了老师夜以继日的努力，“Headphone Actor”顺利完工，并且，做得相当不错，简直是个奇迹。绝不会有人能看出这个游戏只用了短短一星期的时间。

游戏制作精良，贵音的技术也不是普通人可以企及的水平。

精确无误的射击让人眼花缭乱，相信看到的人都会忍不住惊叹一句：“这真的是人手能玩出来的吗？”

没错。有生以来第一次，我觉得玩游戏的人竟然可以如此酷炫。

数不清这是今天第几十场比赛了，但是和最开始一样，局势完全呈现出一边倒的状态。

我都不用看结果画面，就知道肯定是贵音赢了。哎呀哎呀，太厉害了！太帅气了，贵音！

我满怀崇敬地看着贵音的侧脸。房间光线很暗，我看不清她脸上的表情。但是打出如此华丽的战斗，她一定也很满意吧。嗯，一定是这样的。这么一想，我眼中的贵音身上仿佛闪烁着战斗胜利的余晖。

我口中不禁蹦出一连串称赞的词汇：

“太厉害了，贵音！又赢了!!哎呀，刚才那场打得真是……”

对了，现在的贵音，已经不是过去的贵音了。我也要用大家称呼她的那个名字……

“……我现在是不是应该改口叫你‘ENE’啦？”

屏幕发出的光线勾勒出贵音的轮廓。听到我的话，她不紧不慢地开口道：

“你很烦啊，白痴……”

贵音的声音伴随着激烈的BGM传来。那声音让我感动得浑身发麻。

今天我才刚刚知道，贵音曾经在网游大赛里拿过全国第二，有不少粉丝，是游戏界的大明星。

哎呀，真是没想到，自己身边的贵音竟然还有这样不为人知的一面！

这不紧不慢的姿态，这威风凛凛的感觉……“闪光舞姬”的称号真是绝了！没错没错！我是大白痴！哇，真是酷毙了！

不过我也不能光顾着当贵音的脑残粉。我站起身，对参加挑战的客人微笑着说道：

“谢谢！辛苦了！我们的摊位规定不能连续参加挑战，您刚才打得非常棒！欢迎下次光临!!”

说完，昏暗的理科教室响起了热烈的掌声。房间里到处挤满了人，人，还是人……嗯，绝对是空前绝后的盛况。

刚才的挑战者是一位军装打扮的大哥。他猛地站起身，对着贵音行了一个军礼：“诚惶诚恐！真没想到能在这里跟‘闪光舞姬·ENE’交手……真，真是太荣幸了!!”说完，这位仁兄离开了教室。嗯嗯，说的没错，刚才的交战真的非常精彩，我在一旁看着都被感动了。

与此同时，观众里传来此起彼伏的请求声：“下一个该我了！”“请务必和我交手！”

没错，没什么好隐瞒的，屋子里几乎全部都是贵音的粉丝。

今天来访的第一位挑战者恰好知道贵音的大名，于是，学园祭的事情就在网上传开了。

贵音的粉丝们得知消息，纷纷从全国各地赶来，只为能和贵音切磋一次！于是，剧情就变成了现在的样子。嗯，可能全国各地还是有点夸张的成分。

在一片请求声的包围下，我按照进场顺序示意其中一人进行挑战，随后引导他在挑战席坐下。

贵音简单介绍了一下游戏规则，随后，游戏一开始，整个房间顿时鸦雀无声。

这种紧张的气氛，简直就像在看体育比赛。

迄今为止我还从来没有“观看”过游戏比赛，没想到游戏对战竟然这么有看头，观众这么热情。

游戏大赛里经常会有这样的情景吧。好想去看一次啊。

“……啊，糟糕！忘了看时间！”

光顾着看游戏，差点忘记了自己的本职工作。我只好恋恋不舍地把目光从屏幕上移开，开始确认时间并清点人数。

和我担心的一样，还有不到十五分钟，学园祭就要结束了。排队的参赛者还很多，都比完恐怕是来不及的。

与此同时，贵音又打败了一名挑战者，观众再次爆发出一阵欢呼。

连着打了这么多场，贵音一定也很累了。我瞅准挑战者离席的空当，想凑过去小声提醒贵音——此情此景之下，我选择了那个名字。

“ENE，你还行吗？还剩十来分钟就结束了，再坚持一下！”

听到我的声音，贵音嘟囔了一句什么，可是BGM和观众的声音太大，我没听清她到底说了什么。

剩下的时间，大概只够两三个参赛者挑战。

按照最初设定的流程，差不多该让挑战者赢一局了。我们办射击摊位的目的，并不是创造谁也打不赢ENE的传奇。而且，那条鱼标本，必须得作为奖品颁发出去。

贵音之前说过，在快结束的时候随便让一个挑战者获胜。现在，不知道她还记不记得必须要输掉一局的约定。

嗯，总觉得有点难说。现在的贵音是人人叹为观止的“闪光舞姬”，或许她正想把屋里的挑战者逐个扫荡一遍。

要是那样就有点麻烦了。可是，贵音正在全神贯注地比赛，我也不能三番五次地打扰她……

我心神不宁地思索着，突然，有人拍了拍我的肩膀，小声地叫了我的名字。

“……遥，打扰了。”

回头一看，原来是文乃。之前已经听幸助说过了，不过看到她真的过来了，我还是觉得非常高兴。

话说，幸助好像还说其他两个人也会来？不知道他们来了没有……

“啊，文乃你来了！这边有点乱，不好意思啦。”

“没关系没关系，你现在这么忙，我才是打扰你啦。不过，你们摊位真的好热闹啊，我都吓了一跳！”

说完，文乃好奇地看着四周。

“我才是被这种场面吓到了，没想到会来这么多人。不过，文乃，很抱歉，现在可能来不及……”

时间所剩无几，前面还有挑战者排着长队。文乃现在才过来，可能排不到她了。

我带着歉意低下了头，文乃露出善解人意的笑容说道：

“嗯嗯，我没关系的，和我一起过来的同学已经在排队了，让他试一次就行……”

文乃的视线投向屋内，目光落在贵音旁边。挑战者的位置上，站着一个身穿红色运动衫的男生，他正呆呆地盯着屏幕。

和之前参加挑战的玩家不同，从这位少年的身上感觉不到任何对游戏的热情。

可是，既然少年已经在那里了，他接下来要准备挑战贵音了吧。

“他是我的同班同学，今天不想一个人来，就叫上他……呃……一起来了。

文乃吞吞吐吐地介绍了一下同行的男生。

……嗯。文乃真是让人容易理解的孩子。

我忍不住想用不怀好意的笑声逗一下她，但是那样会显得自己像个大叔一样，实在有些不礼貌，于是我还是忍住了。

之后，那个男生在挑战席位坐了下来。好久没有年纪这么小的挑战者来参赛了，贵音也愣了一下。

不过，从时机上看，这说不定是件好事。

如果贵音发挥正常水平和他对战，少年一定会惨败的吧。这么一来，少年在文乃面前的形象就有点说不过去了。相信他不会希望这样的事情发生。

所以，我要跟贵音暗示一下，让她对少年手下留情。正好学园祭也快结束了。嗯，好主意。

心动不如行动。我马上跑去拍了拍贵音的肩膀，用那个名字叫她：

“ENE，抱歉，虽然你正在兴头上，但是，时间差不多了，该把胜利让给别人啦。可能你会有点不甘心……但还是故意输给这孩子吧。”

听到我的话，贵音看了一眼身穿运动衫的男孩。今天努力了一整天，听到这样的要求，心里肯定会觉得不舒服。

不过，我们摊位的目标是让大家觉得好玩。所以，必须让客人好好享受才行。

贵音似乎也明白了我的意思，微微点了点头，开始对男孩进行玩法说明。

我往后退了几步，站在一边，想要专注地看完最后一场比赛。

……奇怪。怎么还不开始？

仔细一看，贵音和运动衫少年好像正在说些什么。但是，好像并不是非常友好的交谈。

不知道他们在说些什么呢？可是我离他们太远了，游戏的背景音乐声音太大，他们在说什么我完全听不见。

我拼命竖起耳朵，也无济于事。侧目一看，文乃露出非常难看的脸色，盯着前面的两个人。她的眼神，简直就像来参加家长会的母亲。

我尽量显得不经意地问道：

“文乃，你怎么了？有什么担心的事情吗？”

文乃肩膀一哆嗦，一副难以启齿的样子回答道：

“嗯，是有点担心……那孩子……说话挺冲的，有时候性子太直。所以，我担心他会说出什么不礼貌的话来……”

总觉得，文乃真的像妈妈担心自己的孩子一样担心那个少年。

说话很冲啊，要说起来，贵音也不是好惹的。我一直觉得这就是贵音的性格，看来，这个少年也是这样的性格吧。

……啊，这样的话，事情就有点麻烦了。贵音绝对会被惹怒的。

我有种不祥的预感，但是，要是把真相说出来，文乃恐怕会更担心吧。所以，我用了比较暧昧的说法：

“嗯……应该没关系吧，贵音也是很有耐心的……”

突然。

“……我绝，对，不会输给你的！”

贵音的声音传了过来。

……咦，好奇怪。刚才计划好的，她怎么突然这么说了？

要打赢这个少年?!那可就糟糕了!!

“等，等一下，贵音?!你必须要输给他啊！”

可是，贵音根本没心情看我的眼色，整个人沉浸在怒火之中，恐怕我说什么都没用了吧。

“……我要是输了，就当你的仆人，叫你‘主人’怎么样?!反正我绝对不会输给你的！”

又是一发必胜宣言。明明说好的一定要输给他啊。不知道发生了什么，贵音的好胜心一下子被激发出来。

不知道别的参赛者有没有听到贵音的怒吼，但是，文乃肯定听到了。我看到她的耳朵变得通红。

没办法，既然已经变成这样的局面，恐怕无论如何也难以改变了。我站起身，回到文乃身边。

几乎同时，我的“抱歉”和文乃的“对不起”交错在一起。话音刚落，游戏音乐响起，今天最后一场战斗拉开序幕。

游戏刚开始没多久，我就注意到一件事。

屏幕上跳出来的怪物，其数量之多，非比寻常。我马上意识到，贵音选择了最高难度。如果只是想随便输一局，肯定不会选这种难度的。或者，如果想让挑战者输得不太难看，肯定也不会选最高难度。贵音到底受了什么刺激？这已经超出了我想象的范围。

“肯定超级生气……”

我无奈地抱住脑袋。见状，文乃脸色发青，回了一句：“我果然没猜错。”

可是，看到眼前激烈的对战，我的直觉告诉我：

已经没有任何人可以阻止这场比赛了。

二人怒涛般地操作游戏手柄，整个屏幕被飞溅的血沫染成一片鲜红。

枪声、惨叫声、爆破声……音响里传来的游戏效果音充斥了整个房间。

特别是枪的轰鸣，简直让人不敢相信这是在玩射击游戏。我被深深地震慑了，刚才一直安静观战的其他挑战者们，现在也不时地发出惊叹声。

以秒为单位，一次次绝技让人眼花缭乱。

怪物一出现，瞬间就被杀死，肉眼已经无法辨认跳出的怪物到底是什么了。

怪物出现，确认，瞄准，攻击。

这一连串动作，二人都用闪电般的速度完成，并且保证万无一失。

我惊讶得说不出话来，找不出任何词语来形容眼前的景象。

眼前的这场战斗，绝对是今天最激烈的一场。那个穿着运动衫的少年，他的技术绝对不比贵音差……甚至，说不定比贵音还厉害一点。看样子贵音也使出了浑身解数。他们两个谁会取得最后的胜利呢？现在真的难下定论。

游戏里的角色，能跟这两个人对战，也许也是一种幸福吧。怪物们，让你们担任如此艰难的任务，今天真的辛苦了。你们给大家带来的欢乐我不会忘记，我保证，一定会把你们做成徽章，永远纪念你们。

短短两分钟，却仿佛过了一个世纪那么久。终于，对战时间还剩下十秒。

两人难分难解的交战，终于到了尾声。最后的赢家马上就要出现了。

胜利者，到底是谁？

所有人都绷紧神经，等待战斗的结果。突然，我心中有一种莫名的感情油然而生。

好羡慕。

他们两个都那么帅气，真的好羡慕。为什么我会站在这里，像个傻子一样感动呢？

贵音在全神贯注地战斗……啊，真想知道她现在是什么感觉。一定是非常非常投入，并且乐在其中吧。

怎么办，好不甘心。我也想坐在贵音身边，跟她一起玩游戏。

我也想把游戏玩得这么好，让贵音开心。

啊，如果真的可以那样的话，该多好啊。如果未来能有那么一天……

屏幕投射出的光线，把二人勾勒成剪影。看着他们的身影，突然觉得一切都那么遥远。

站在他们身后，我能做的，只有向他们投去羡慕的眼神而已。

*

游戏结束的声音响起，画面跳出游戏结果。

我再次在贵音身边蹲下来，对她说话。

我想对她说“好厉害！”“太感动了！”……但是，什么都说不出口。

因为，游戏结果就是那么单纯，输还是赢，一目了然。

游戏结果画面上，贵音取得了她今天打出的最高分。可是，下面的文字却并不是“WIN”。

贵音……输了。

“贵音……”

我不知道该说什么才好。可就在这时，穿运动衫的少年却安静地站起来，转身离开了。

啊，不行，我得把奖品送给他，他打得那么好，怎么能让他空手而归呢。

我犹豫了一下，想好了要对贵音说的话。我只想把自己最单纯的心情传达给她：

“……ENE，你今天真的很棒，辛苦了！”

*

“等，等一下……”

我喘着粗气，追在他身后。

这个标本实在太重了。不过，虽然样子有点那个，但依然是不折不扣的奖品啊，为什么他没注意到呢？

难道说，他根本不喜欢这个奖品……

可是，我们打出的宣传语里，明明写着“提供豪华奖品”，假如什么都不送，那也太不像话了。

假如我没送出奖品，贵音说不定会被人当作骗子，那就糟了。所以，就算对方说不要，我也要想方设法送出去才行……

“等一下！”

我在后面喊了无数次，他也一副什么都没听到的样子，从大门走了出去。

话说，他不是和文乃一起来玩的吗？怎么就头也不回地把文乃扔在一边了？

我脑海中浮现出文乃刚才羞涩的样子。看她的表现，一定是因为今天高兴得不知道该怎么办才好了。

可是，她却被无情地抛下，感觉好可怜。

突然，运动衫男生回过头来，仿佛我心里的想法被他听到了似的。

这下不能让你跑了。我用尽最大的力气喊道：

“这，这是你的……奖品！请收下吧!!”

他露出讶异的表情，随后像是认出了刚才站在贵音旁边的我，停下了脚步。

终于追上了他。少年摘下耳机，放进口袋里。啊，原来如此，怪不得刚才没听见我叫他。

“这，这是什么……”

我被少年的问题噎住，不知道该怎么回答才好。一瞬间甚至觉得，是啊，我手里拿的是什么东西？

“这是刚才射击游戏的奖品……我来拿给你。”

“啥?!”

“我都说了，这是奖品，也就是你的东西。”

怎么回事。感觉自己好像死缠烂打的推销员似的。可是，不这么说的话，他是不会接受的吧。

啊，不信你看！他脸上一脸嫌弃的样子。

“这个……我不要。”

果然。

“你再通融一下吧……好吗？就当作今天美好回忆的纪念品怎么样？”

嗯，我懂。的确很难。又不是来参加深海大冒险，用这个做纪念实在有些勉强。

啊啊，真是的，到底怎么办才好？看他这副样子，肯定不会接受的。说实话，没有多少人真的想要这种奖品吧……

——有了！

“……你今天是和文乃一起来的，对吗？”

“是啊……怎么了？”

少年看着我，一副打心眼里不耐烦的样子。是不是问得太突然了？不行，决不能在这一步退缩。再加把劲……

“你可能不需要这个奖品，但是如果送给文乃的话，她一定会特别高兴！嗯，绝对会！”

我心里窃喜，这一招真是太妙了。

本来这个标本就是文乃她老爸买的，也就是我们的老师。如果把奖品交给文乃，总觉得她会收下的。

而且，如果是由他来送给文乃，文乃肯定非常高兴。因为，十有八九，文乃喜欢这孩子。

哎呀哎呀，我都佩服自己了，竟然想出如此高明的点子。这样一来，我也能顺利交差，说不定还能当一回丘比特牵线搭桥呢。哈哈，我真是太聪明了，哈哈哈……

“哦，那你直接给她吧。再见。”

他轻描淡写地回答道。随后，再次迈出脚步，准备离开这里。

我吓得连忙追上去。

“啊?!不不，等一下！你不收下的话，奖品就没有意义了，我不把奖品交给你，我们的摊位也就没有意义了……”

“抱歉，我不知道你在说些什么。请别跟着我。”

他加快脚步，毫不留情地说道。我抱着奖品追，但是他敏捷地躲开身边的路人，怎么也追不上他。

终于，他走到玄关，停下来换下室内拖鞋，刚换完鞋准备走的时候被我追上了。

“啊啊，请等一下！我会想办法的，那个……”

情况不妙。万一他离开学校，我总不能一直追着他不放。啊，到底怎么办才好……

突然，有人撞到了我的肩膀，顺着道歉声看去，原来是一个边走边卖饮料的女孩子。

她肩上挂着一个牌子，上面写着“碳酸饮料，每杯一百日元”。

“再见，我要走了。别再跟着我……”

“你，你喝饮料吗？”

少年愣住了。

“不，不喝，我不喜欢甜食，也不喜欢喝……”

“拜托了！就喝一杯！你肯定也渴了吧？刚才打得那么激烈，华丽的战斗之后，来一杯饮料肯定超棒!!来吧，一起喝吧？好吗？”

看到我百般恳求，少年惊恐万分。周围来来往往的路人，也都好奇地驻足围观起来。

卖饮料的女孩左看看，右看看，不明情况地问道：“请问是要两杯吗？”我当然求之不得。

“没错，请给我两杯！好吗?!”

少年嘴巴动了动，似乎有什么话要说，但最后还是放弃了，无奈地叹了一口气。

“……好吧。我喝就是了。喝完就没事了吧？”

听到他的话，我的内心欢呼起来。啊！太好了！我成功了，贵音！我把他留住了！这样一来，我们的摊位就圆满完成了！

卖饮料的女孩露出笑容，“您的饮料！谢谢惠顾！”一旁的围观群众虽然不明真相，但是总觉得这是个美好的结局，纷纷鼓起掌来。

啊，真的太好了。嗯，太好了……

……我为什么要这么拼命呢?

*

校园里随处可以找到休息的地方。我们来到距离教室不远的一楼北侧，在长椅上坐下。

“……这个饮料，真不错啊。”

这个穿运动衫的男生，我已经知道他叫如月伸太郎。他一口气喝光饮料，注视着空瓶，眼睛兴奋地闪耀着。

他的样子，就好像第一次见到某种新奇的商品一般。我有点摸不着头脑。

“可是，这并不是什么特别的饮料啊？”

别说特别了，就是那种“全世界最有名的黑色碳酸饮料”而已。他不可能不知道吧。

伸太郎一脸遗憾地皱了皱眉。

“我当然知道这是什么饮料。不过，因为不喜欢甜食，所以没有特意买过而已。”

“原来如此！这算是今天的新发现了！”

我微笑着说道。伸太郎并没有显露出半点兴趣，敷衍地回了一句:“哦，是啊。”

“……那，把这个给文乃就好了？”

伸太郎的目光落在脚边的鱼标本上。

他的确答应收下奖品了，不过，刚才冒失地说出了文乃的名字，现在想想有点过意不去。

“我觉得她应该会喜欢的……对不起，如果她说不想要的话，我们会处理掉的。”

“哦，那也没关系。反正我有个喜欢奇怪东西的妹妹，不行就送给她呗。”

说完，伸太郎站起身，把喝完的饮料瓶扔进一旁的垃圾桶。

嗯，果然是个好孩子。为什么刚才贵音会那么生气呢？他游戏又玩得那么厉害，到底是何方神圣？

我有些在意，于是继续问道：

“话说，你游戏玩得真好啊。有没有参加过什么比赛？”

“啊？哦，随便玩玩而已。只不过按顺序打死出来的怪物罢了，没什么难的啊。”

哇，难怪跟贵音合不来。怎么说呢，简直就是水火不容啊。

“这，这样啊。好厉害啊，随便玩玩都能玩那么好……总觉得……好羡慕啊，我肯定不行……”

啊，怎么办？

还是觉得有些不甘心。唉，我真像个笨蛋一样，明知道自己做不到，还说什么羡慕。

可是，他们那样真的好棒。如果我玩游戏也能像伸太郎那么厉害，一定也能和贵音……

“这，你想玩去玩就是了，选一个自己喜欢的。又没人拦着你。”

“确，确实没人拦着……”

伸太郎叹了口气，挠挠头，又说了一遍，

“那你就试试看呗，选个喜欢的游戏。要不然，我介绍个不错的给你……试试？”

我脸上的表情一定充分表达了我的心情。

伸太郎一定看懂了我发出的信号，露出一脸无奈，仿佛在说：“真拿你没办法。”

下午四点。

学园祭结束的广播响了起来，我猛地挺直身子，对伸太郎大声喊道：

“拜，拜托了!!”

lost days-6

“啊，原来你们两个是那样认识的啊，深夜在教室里什么的……感觉好浪漫啊。”

“别，别说得好像我们发生过什么似的好不好，感觉好恶心。”

“没什么呀，挺好的。”

好几年的压岁钱都没花过，没想到竟然攒了不少。于是，我买到一台比想象中还好很多的电脑。

用电脑的时候，我再一次感受到，网络真是个方便的东西。

可以玩游戏，还可以打网络电话，而且是免费的！这让我十分震惊。

我按伸太郎的指示安装了软件，就可以打免费电话了。可是这样真的没关系吗？会不会以后就没人用电话了？我有点担心电话公司的员工们。

学园祭结束以后，又过了几个月。

从那天起，我就跟着伸太郎玩起了网游，每晚不间断。

这是我第一次用电脑玩游戏，没想到电脑游戏竟然如此深奥，真是越玩越有趣。

一直以来，我对电脑游戏的印象都是人机对战。现在，在网游里，真人和真人对战，还能相互交流，简直就像电脑世界里的另一个真实世界。

游戏里面，既有像我一样刚接触不久的人，也有修行数年经验老到的神人。虽然看不到脸，但是和各种人切磋、交流，就像接触各式各样丰富的文化一般，这让我彻底迷上了网游。

这段时间，我几乎每天晚上都沉迷其中。除了贵音的主场，也就是“DEAD BULLET-1989-”之外，我还接触了很多游戏。

不要只玩一种游戏，这也是伸太郎给我的教诲。“这样就不会有偏向性，更容易变强。”

也许是因为我认真遵循伸太郎的指导，在“DEAD BULLET-1989-”里，我叫做“KONOHA”，战绩非常不错。最近，时不时还有人对我的技巧顶礼膜拜。

顺带一提，虽然每个人玩之前都要克服对僵尸的厌恶感，不过，伸太郎同学有严重的“僵尸恐惧症”，所以他不玩“DEAD BULLET-1989-”。

“不过，你进步得真的很快啊。以你现在的水平，玩什么游戏都能轻易上手了。”

“啊？是吗？没有啦，是你教得好。”

“我并没觉得怎么教你啊。啊，注意，‘章鱼’过来了。”

伸太郎的话音刚落，游戏画面正中央的建筑物里，一群长满触手的外星人冲破玻璃跳了出来。

伸太郎所说的章鱼，就是指这些外星人。我握紧手柄，不慌不忙地逐个击退它们。

今天我们玩的是一款叫做“南瓜射击”的万圣节主题游戏，最近非常火爆。

魔女、狼人、科学怪人……你可以从各种怪物里选择自己喜欢的角色，然后去消灭蜂拥而至的外星人……虽然剧情有点莫名其妙，但是那种爽快的感觉，真的非常有趣。

这个游戏，一眼就能感受到作者率真的意图。“把恐怖和恐怖叠加起来，就能制造出更恐怖的东西”，这就是伸太郎所说的游戏之“深奥”所在。

再说点题外话。“南瓜先生”是这款游戏的基本角色，普通状态下是免费的。不过，如果充值的话，就会激发一些特别的能力，比如“冲进敌人里面自爆”，充满了献身精神。所以，它常常被一些玩家爱称为“南瓜炸弹”。

扯远了。话说，刚才伸太郎夸我玩得不错。

被伸太郎夸赞，绝对不是一件容易的事情。我心情十分愉快，一个接一个地击退气势汹汹的“章鱼”们。

“照这样下去，差不多可以跟那家伙对战了吧。叫什么来着……榎本？”

“啊？不，不可能的，我现在的水平要赢贵音还是有点……哈哈……”

“是吗？你的动作很流畅，还是有希望赢的哦。点个对战邀请就是了。”

伸太郎说得简单，可是要和贵音……应该说是“ENE”吧，跟她比还是差了一个档次。我也看过她对战的视频，并不是我能企及的高度。

当然，不管贵音有多强，还是可以跟她对战的。不论输赢，至少对战邀请是可以申请的。

不过，我并不想现在就跟贵音对战。要说为什么……

“我知道了。你怕她觉得你弱，以后就不跟你对战了，是吧？”

说中了。我的心脏仿佛被章鱼的触手攥住一般。

“差，差不多吧……也有……这个原因……总，总之，到合适的时候我自己会申请的！你就别管我了！”

“知道了知道了。我才不会多管闲事……啊，又来一只章鱼。”

伸太郎刚说完，“咔哒”一声，门开了，并不是游戏里的。声音来自耳机外面，是伸太郎的房门开了。

紧接着，好像有女孩子的声音传来。我稍稍紧张起来。

“……哥哥，有空吗？”

"喂，你是白痴吗？进来的时候不知道敲门啊！而且我现在很忙……"

"啊！你在玩章鱼的那个！好棒啊，我也想玩章鱼的！"

原来如此，她就是传说中的伸太郎的妹妹吧！好像确实听说过，她喜欢"奇怪的东西"来着……

"章鱼好可爱呀！"

是他妹妹，绝对没错。

话说回来，她是来找伸太郎的吗？不知道有什么急事。

"你要是有事就断开链接吧。"我通过耳机对伸太郎说，可他好像已经把耳机摘下来了，并没有听到我的话。

"我现在和人玩游戏呢，你好烦啊，一边玩去。"

"什么嘛，你光跟别人玩，从来都不跟我玩……"

"因为你一输就闹个没完啊。又是哭又是打人的……一点也不好玩。"

哎呀呀，伸太郎同学，这样说会不会有点太过分啦？

果然，妹妹的声音带上了哭腔。虽然声音还算平静，但还是能感觉到生气的成分。

"那，那我以后再也不跟你玩游戏了。一辈子都不玩了！"

"好啊好啊，你随便。以后你就算求我，我也不会跟你玩了哦。"

啊啊?!伸太郎，这样太过分了！妹妹会哭的！

正不知道接下来会怎么样的时候，伸太郎的妹妹却突然转换了话题。她吸了吸鼻子，用微弱的声音说道：

“……其，其实，今天我去学校旁边的游戏机厅来着。本来想练一下游戏的，结果游戏机厅的店长突然对我说，让我去参加他们下周末的表演，还说我声音可爱，一定会有好多人喜欢什么的……我，我有点害怕，想跟你说说……”

“啊?!什，什么意思啊！让你上台表演?!那种活动，你肯定不行啊……”

“可，可是我已经决定了！我要去！以后你说什么我都不听了!!”

说完，砰的一声，妹妹摔门而去。

“小桃，等等！”伸太郎还想弥补，可是已经没有回音了。房间陷入短暂的寂静。

他会追上去吗？不过，从声音的感觉来看，伸太郎似乎还在犹豫。

过了一会儿，耳机里传来了伸太郎的声音。看来他终于发现我们的语音通话还在继续。

“……抱歉，忘记断开通话了。”

“没关系没关系，别放在心上。比起这个，你妹妹她……”

伸太郎似乎在思考什么，并没有马上回答我。于是我继续说道：

“是不是和父母商量一下比较好……”

听到妹妹刚才的话，感觉还是这样最稳妥。

但是，伸太郎马上否决了这个提议。

“要是把她去游戏机厅的事儿告诉老爸老妈，肯定会被禁足的……本来要是我再让着她点儿，就不会发生这种事了……”

看着伸太郎认真的神情，我突然感到一阵安心，其中还夹杂着一些感动。

真是个替妹妹着想的好哥哥呀，伸太郎。

“这样啊，那……我们必须做点什么来帮她吗？”

“……啊？”

我关掉游戏，打开日历，找到下周末的日期，然后打开浏览器。

在搜索引擎里选好日期和城市，然后输入“游戏机厅”“活动”的字样，开始检索。

搜索结果只有一个。嗯，有了电脑真是方便啊。

“好样的。伸太郎，下周末一起去游戏机厅吧？”

*

“……啊啊！学长，找到你了！在那边！”

“什么?!在哪边?!”

“你看，就是那里！那……附近……呼……”

伸太郎从人群中探出脑袋，拼命指着某个方向。可是，人群挤来挤去，根本看不懂他到底在指哪里。

拥挤的人群里，我要站稳已经很不容易了，更何况伸太郎比我矮一些，一定非常辛苦。

话说，我对游戏机厅的印象一直停留在非常原始的阶段，比如小孩子拿着一百日元的硬币到处跑之类的。可是看今天的景象，我的认识一定产生了一些偏差。

人人人人，游戏机，人人人人……

这到底是怎么回事?!这里真的是游戏机厅吗?!总觉得更像“人挤人厅”……

“……糟了，看丢了！烦死了，为什么这么多人……好痛!!啊，撞在角上了，啊，抱歉，对不起……”

伸太郎一边不停地道歉，一边被人群慢慢地吞没着。假如现在走散了的话，今天我们可能就再也见不到了。

我连忙叫他：

“伸太郎?!你在哪里!!伸太郎?!”

伸太郎从人群里艰难地露出脑袋，筋疲力尽地松了一口气。

“啊啊啊！这到底是怎么回事啊！还有，学长你别太紧张，你这么显眼，我们不会被冲散的！”

的确，平时我的身高几乎没什么用，总是吓到小孩，或者撞在天花板上，今天倒是发挥了作用。

我稍稍踮起脚尖，环顾四周，想看看伸太郎指的地方……应该是舞台的方向。桃在那边的可能性确实比较大……

“学长，情况真的非常不妙啊！在这么多人面前，那家伙根本……”

伸太郎抱住脑袋，非常担心地说道。

“是，是啊。确实有点难办。还有多长时间开始来着……二十分钟。”

“只剩二十分钟了?!啊，呜啊啊……桃！桃！你在哪里！”

“喂！冷静一点，伸太郎……啊，抱歉，他没事！不是的，他没问题，不是坏人……”

伸太郎的妹妹，也就是桃，她被邀请参加今天的活动。举办活动的，是这里数一数二的大型游戏机厅。

今天的活动内容还包括一项游戏比赛，就是我们正在玩的“南瓜射击”街机版。于是，整个游戏机厅仿佛赶集一般火爆……甚至可以说比赶集还热闹。

另外，要参加今天的活动，还有一个奇怪的要求，所有参加者都必须穿上万圣节的装扮，否则不得入场。

万圣节早就过了，我本来以为不会有多少人参加。可万万没想到，眼前竟然是一片人山人海。

这个世界上，无法理解的事情真的太多了——我不由得感慨。

总之，此时此刻集中在会场里的所有人，都把自己打扮成了怪物。

当然，我和伸太郎早就查过了，于是也打扮了一番。伸太郎装扮成吸血鬼，我是科学怪人。我俩刚才拍照确认过了，真的相当逼真。

不过，这么大规模的活动，店长竟然随便拜托了一个打游戏的女孩来表演，真不知道他是怎么想的。

难道说，小桃有一种让人在瞬间为之倾倒的特殊能力？嗯，这是个谜。

虽然也有可能是小桃听错了吧，那样反而好办，只要伸太郎直接带她回家就好了。

不过，万一让她担任主持人之类的怎么办？确实令人担心，如果发生最坏的结果，说不定有人会叫监护人或者警察过来。

先不管这么多，现在最重要的是找到她……

“学，学长……你口渴吗？”

我正在四下环顾着会场的情况，伸太郎突然发出了蚊子哼哼一般的声音。

场内人流密集，确实很热，我也能理解他的心情，不过……

“嗯，渴了……但是，你看那边的长队，要买到饮料估计得排半小时吧……”

“呜……不要啊……”

伸太郎无力地呻吟着，眼睛里已经失去了光彩。照这样下去，找到小桃之前，伸太郎自己先要不行了吧。

况且，人这么多，还都是装扮成怪物的，要从里面找人真的太困难了。

我突然想起伸太郎刚才的话来。

“伸太郎，你刚才说看见你妹妹了？”

“嗯，应该没看错……”

“那也就是说，你知道你妹妹装扮成什么怪物了？快告诉我，我帮你找找！”

可是，伸太郎却歪了歪脑袋，说道：

“我也不是很清楚啊。而且，从那天以后，我和她一面都没见过……”

“啊？那你怎么从这么多人里面认出她的？”

“这个简单。你只要找到那个打扮最奇怪的人就行。”

伸太郎露出理所当然的表情，轻描淡写地回答道。

“打扮最奇怪的人”，这个判断恐怕因人而异吧。真的能凭这句话找到她妹妹？

我不知道该怎么回答他，姑且试着到处看看。可是，身边所有人的打扮，都算得上奇怪。

要从这里面找出“最奇怪”的？完全无从下手……

……咦，那个人打扮得好奇怪啊。

“……找，找到了！伸，伸，伸太郎！打扮真的超级奇怪！那，那个是什么东西?!头上长着猪脚的……”

“啊！太谢谢了，就是她！那我们先过去吧？”

“要过去吗?!到她旁边去?!”

那副打扮绝对堪称怪异之王，我浑身汗毛倒竖，不敢靠近。

总觉得，那人浑身散发着不祥的气息，仿佛一旦靠近就会受到诅咒。

我正犹豫的时候，伸太郎已经拨开人群奋勇前进了。我总不能站着不动，只好也跟了上去。

好不容易前进了十米，突然，口袋里的手机响了起来。

在拥挤的人群中把手伸进口袋，不是一件容易的事情。好不容易把手机拿了出来，发现是贵音打来的。

我把手机贴近耳朵，不知道贵音有什么事找我。

“喂，你好。”

“喂，是遥吗？你那儿好吵啊。”

这么多人怎么可能不吵,再加上会场里的BGM，喧闹程度十分可观。我用手捂住麦克风，尽量减少杂音。

“抱歉抱歉，有什么事吗？”

“是这样的，今天是文乃的生日……你知道吗？”

第一次听说。

“完全不知道呢，话说，你怎么会知道的？”

“最近我俩经常聊天，是笔友哦。嘿嘿。”

听起来贵音的心情相当不错……笔友这个词，好久没听过了。

“所以，今天想给她庆祝一下，你现在在干吗？”

“啊?!今天有点……”

虽然可以直接告诉她我和伸太郎在一起，但是，他们两个互相看不顺眼，我可千万不能随便说出来。

听贵音的意思，多半是想邀请我一起去参加生日庆祝会吧。如果找到小桃以后倒是可以参加，但是以现在的情况来看，恐怕还要花不少时间。

啊啊，怎么办，我该怎么说……

“……抱，抱歉，今天我出去买东西了……”

“干吗用这么奇怪的说话方式……没事，那算了，我知道了。”

唉，不得不撒谎！对不起，贵音！

但是没办法啊，如果我把真话说出去，贵音肯定会非常不爽。

“啊，对了，还有一件事想问问你，有空吗？”

“可以，有什么事?!”

“倒也没什么……那家伙在你旁边吧，那家伙。”

贵音的声调降低了几个等级。她用这种称呼叫的，多半是指伸太郎了。我点点头回答道：

“嗯，找他有什么事吗？”

“没什么大事。就是前段时间，文乃好不容易把生日告诉了那家伙，然后今天就一直心神不宁的。我看着她怪可怜的。所以，那家伙应该不至于忘了吧，不知道他有没有准备好礼物什么的。你没听他说过什么吗？”

伸太郎同学，既然你今天来这儿了，肯定什么都没准备吧。

“我，我不知道呀?!嗯，我是不知道的啦。”

“……这样。也是，你怎么可能知道……啊，到了到了。”

到了？她出门了吗？电话里的确变得有些吵闹。

“那我和文乃去玩了哦。嘿嘿，买东西什么的太浪费了，你要是有空的话就带你来了，保证你喜欢！”

“啊？哈，哈哈，下次再带我去吧。”

我带着罪恶感回答道。

“才不要呢。”

贵音说完就挂了电话。

紧绷的神经终于放松了，我感到全身都轻松了起来。

唉，为什么要撒谎啊……就算没有被识破，还是不太好。

不管怎样，赶紧解决了小桃的问题，然后去参加生日庆祝吧。稍微晚一点也没关系，正好我认识去文乃家的路……

一边想一边往前走，刚好看到伸太郎站在舞台旁边的角落里。他低着头，好像正在道歉的样子。

我连忙跑过去。原来，他不小心弄掉了照明用的电源插头。

还好没有什么严重的后果，只是被工作人员说了两句而已。

不过，我的注意力更多地被一旁的少女吸引了。她站在伸太郎旁边，不断地向他投去冰冷的视线。

戴着猪脚一般的头饰，衣服也和刚才看到的一样。没错，是伸太郎的妹妹。

工作人员离开以后，桃朝伸太郎走过去，好像在说些什么。

不知道桃对他说了些什么，伸太郎脸上露出十分悲伤的表情。说完，桃扔下呆呆站着的伸太郎，头也不回地消失在人群中。

我连忙跑过去，拍了拍他的肩膀。

“伸太郎，你没事吧？”

“学长……我闯祸了……”

大概是说不小心弄掉电源的事儿吧。看样子十有八九被桃骂了一顿，不用说也猜得到。

“没关系啦，这也是没办法的嘛。话说刚才看你们说了些什么的样子，桃说什么了？”

伸太郎的脸上没有一丝生气，嘴唇无力地动了动。

“她说‘你来干吗，多管闲事，你以后不是我哥哥了’……哈哈，挺可笑的吧……”

说完，伸太郎仿佛用尽了最后一丝能量，顺着墙壁坐在了地上。

“我……已经……不是哥哥了。真是不敢相信啊……学长，我现在看起来怎么样？”

这个……嗯，你看起来不是很舒服哦，伸太郎同学。

“唉，没救了。你以后别叫我伸太郎了，就叫我‘不再是哥哥的伸太郎’吧。哈哈……”

不要，我才不喜欢这种叫法，绝对不会这么叫你的。

话说回来，感觉伸太郎好依赖妹妹。我没有兄弟姐妹，不是很清楚这种感觉。不过，一个在心中占据了重要位置的妹妹，如果对自己说出那样的话，不论是谁都会很难过吧。

“但是，光坐在这儿也没用呀？还是想办法说服小桃吧……”

“哦，这个啊，我们好像误会了。你看那边……”

说完，伸太郎用手指向舞台的方向。舞台上有一群兔女郎，还有南瓜炸弹、南瓜先生等等。

兔女郎站在舞台中央，用轻快的语气宣布活动马上开始。

我这才想起来看时间，距离活动开始只剩下不到十分钟了。

不过，伸太郎说的没错，舞台上似乎并没有桃出场的机会。也许是桃误会了吧……

正在我思考的时候，突然，舞台上的南瓜炸弹摆出一个古怪的姿势，大喊一声：“南——瓜！”听到这个声音，观众们都不约而同地惊呼起来，纷纷表示声音好可爱。

奇怪，这个声音，好像在哪儿听过。

“这个声音是桃的。好像店长说刚好没有合适的声音，所以就让她担任配音了。”

原来如此。桃所说的参加演出，是指为角色配音啊。

这样一来，我们就不用担心桃上台表演会遇到麻烦了。可以放心了。

不过……还是有点奇怪。有那么多职业声优，为什么突然让一个普通人去配音呢？总觉得有点说不通。

伸太郎似乎注意到了我疑惑的表情，慢慢地开口说道：

“我也不知道为什么，总有这种事情发生。那孩子，不是普通人。”

虽然也可以理解为伸太郎在挖苦妹妹，但是，他并没有用厌恶的语气说出这一切。

话说，刚才找她的时候，伸太郎也理所当然地把“特异”当作了桃的特征。也许，他们两人之间经常发生这样的情况。

不管怎么说，这都不是我应该随便问的。伸太郎好像也不愿多说，于是，我停止好奇，站起身来。

“没出什么大事就好，那，接下来你有什么安排？”

“唉，让你陪我这么久，怎么好意思再拖累你呢。我……”

说完，伸太郎用脑袋砰砰砰地撞起墙来。

“反正也当不了哥哥了，干脆变成墙算了。哈哈，怎么这么硬，混蛋。”

这可不行。这样下去，别说当桃的哥哥了，警察要来带走你了。

而且，貌似这家伙把文乃的生日忘得干干净净，估计现在满脑子都在想怎么变成一堵墙吧。

真是的，怎么办？总不能丢下他不管。

正在我不知如何是好的时候，突然，会场方向爆发出巨大的欢呼声。

我心想，是不是南瓜炸弹终于爆炸了。朝舞台看过去，原来是一个巨大的“章鱼”模型出现了。

模型上挂着一条绶带，上面写着“获胜奖品”。嗜好有多奇怪的人，才会喜欢这种东西啊……就在我这样想的时候，突然，灵光一闪，桃说过的话在我脑海中浮现出来。

“喂，喂，伸太郎！要是把那个送给桃，她一定会非常高兴的！”

听到我的话，伸太郎连忙停下来，抬头看向舞台的方向。

“说的没错……那孩子对这种东西痴迷得不得了。”

街机版“南瓜射击”，比赛是车轮战的形式，用玩具枪进行射击。我们两个刚好玩过这个游戏，假如组队出战的话，说不定能获胜。

想到这儿，我不由得兴奋起来。游戏大赛可是不常有的，好不容易来到这儿了，参加比赛应该是顺理成章的。

“伸太郎，一起参加吧！不能白白放弃这么好的机会啊！”

“说的也是。你没问题的话我也没问题……啊，好痛！”

伸太郎抖了抖手腕，好像刚才被电线绊倒的时候，手腕扭伤了。

“你没事吧?!”

“这点儿小伤，不在话下。比起这个，我们得赶快去报名才行……”

说的没错，活动马上就要开始了，可能只剩下不到五分钟的时间。顾不上别的了，我和伸太郎迅速冲进人群之中。

报名处应该就在附近，现在过去还来得及。

拨开人群前进的时候，好像看到两个魔女打扮的人非常眼熟。不过，她们戴着大大的帽子，我也没看清楚，所以就没放在心上。

*

“好痛啊，好痛啊，我要回家！”

伸太郎揉着手腕，带着哭腔说道。我只好小声鼓励他：

“伸太郎，再坚持一下，好不容易打到决赛了……”

舞台上打着五颜六色的灯光，决赛马上就要开始了。

兔女郎和南瓜炸弹两位主持人煽动着全场气氛，让我们和两位对手站在舞台中央。

伸太郎和我能站在这里，怎么说呢……简直就是奇迹。

毕竟，伸太郎的手腕受伤了，打到一半就已经无法正常发挥。所以，基本是由我一对二的情况下一路打上来的。

更巧的是，和我们对战的人不是突然失误连连，就是突然肚子不舒服。种种巧合联系起来，我们最终站在了决赛的舞台上。

巧合这种东西真是可怕。嗯，真的太可怕了。

我旁边站着的两位对手，是装扮成魔女的贵音和文乃。看着她们，我不得不感叹巧合是多么可怕。

半决赛的时候，我们在一旁观战，突然发现参加比赛的是她们，当时真是吓了一跳。

毕竟，虽然事出有因，但是文乃生日这天，我们却撒谎来参加游戏比赛了。要是被她们知道了，后果不堪设想。

假如现在有魔法能把我变成一只青蛙，我也在所不惜。我本来已经打算中途放弃了，但是放弃的话一出口，伸太郎又要死要活地闹个不停。没办法，只好硬着头皮上了。

可是，绝对不能让她们发现我们在这儿。但是，也不能让伸太郎和妹妹的关系就此闹僵。

于是，留给我的选项只剩下一个：参加决赛，但是不能被发现。真是一条凶险而绝望的道路。

要想不被她们发现倒是好办。因为今天是变装才能参加的活动，所以，跟主办方借两个面具就解决问题了。

当然，万一暴露了，我们就死定了。不过，现在一起站在舞台上，贵音好像并没有察觉到什么异样。应该算是蒙混过关了。

我们借的面具相当华丽，简直像来参加假面舞会一般。于是，我不时地听到贵音和文乃的声音："旁边那俩人的打扮好奇怪哦。""贵音姐小点声，会被听到的……哈哈。"这对我们精神上产生了极大的打击。

“怎么搞的……为什么她们也来参加比赛啊？”

伸太郎带着一脸快哭出来的表情说道。

他本来穿了一身西服，扮演的是吸血鬼。可是戴上面具以后，不得不让人联想起某动画里面有名的戴假面穿礼服的男人。

而我本来扮演的科学怪人，现在却戴上了面具。反正，不管怎么看，我们两个的样子都相当诡异。

南瓜炸弹主持人的煽情终于结束了，决赛马上开始。我们两队走向四台背靠背的游戏机，做好了准备。

贵音正好在我对面，文乃在伸太郎对面。

虽然面前是游戏机的屏幕，我并不能看到贵音的样子，但是依旧能听到她和文乃在愉快地谈论些什么。

听着她们的对话，我端坐在椅子上，双手紧紧握住射击用的手枪。突然，我好像意识到了什么。

“……伸太郎。”

“呜呜，好痛啊……嗯？你叫我了？”

“我，我，我好像还是第一次跟贵音对战……”

对面的游戏机旁坐着的，正是“ENE”。这样一想，我心里又兴奋又害怕，手不由得颤抖起来。

刚才还以为获胜轻而易举，可是现在看来，没那么容易。对面是贵音，别说打败她了，我都不知道自己能不能坚持打完一局。

不能这么想。如果只是为了自己，输掉比赛根本无所谓。可是，这次不能输。没错，一定要想办法，快想想办法……

"……没关系的。"

我转头一看，伸太郎正努力忍着手腕的疼痛。

我们四目相对。伸太郎继续说道："用平时的感觉打就好了，肯定能赢，加油吧！"说完，他的脸上露出笑容。

我的紧张感一下子消除了。

"……谢谢你，我们加油！"

此情此景，用通俗的说法的话，不就是所谓的青春吗！

假如我现在没有戴奇怪的面具，把自己搞得像个变态一样的话，我一定会更加感动的。可惜啊。

兔女郎做了个手势，全场灯光瞬间暗了下来。

"一定要赢哦！""嗯！"对面的两个人轻轻地说道。

抱歉了，虽然很过意不去，但是，我们也不能输。

最后，我们再一次相互鼓励：

“伸太郎，我们一定要赢！”

“好嘞！”

*

满面春风。这个词语用来形容桃现在的样子再合适不过了。

甚至可以说有过之而无不及。桃露出无比开心的笑容。

“哥哥，哥哥，这个真的是给我的吗？”

“要我说多少遍你才相信，要好好感谢遥哦。”

桃转身朝我大大地鞠了一躬：“谢谢你！”

“不用谢不用谢！”我笑着回答道。真的不应该谢我，今天功劳最大的是伸太郎，他带伤上阵，并且一直坚持到最后。

多亏了他，才有了桃怀里抱着的“章鱼”。我真的没做什么啦。

我们换上自己的衣服，时间还早，于是决定出去玩一会儿。

通往车站的道路上，随处可以见到刚刚装扮过鬼怪的人们。想想真是有些不好意思。

“话说，你啊，要是有急事，说清楚就好了啊？真是的，下次说谎可饶不了你哦。”

说完，贵音狠狠地瞪了我一眼。唉，说的没错，我无言以对，

下次绝对不会说谎了。

“算啦算啦，没关系的，而且，我们最后正好碰面了，不是挺好的吗？”

见到了伸太郎，而且还认识了伸太郎的妹妹，文乃显得非常高兴。

可是，贵音依然摆出一副嫌弃的神情，并没有赞同文乃的话。

“话是这么说……可是，你故意不告诉我你在跟这家伙一起玩，我还是觉得很不爽！”

贵音指着伸太郎说道，犀利的眼神转换了方向。

伸太郎也毫不留情地瞪了回去。

“怎么？我知道你哪里不爽。不就是输给遥了，所以到处找茬呗。”

“你说什么?!怎么可能?!再说，那种情况根本就不算我输！都怪他突然叫我的名字，吓了我一跳……这么说，你才是被文乃打得落花流水吧?!”

“才没有呢！那是因为我受伤了！哼，反正最后是我们赢了，你到处找借口，真是不像话。”

看着火花四溅的二人，桃站在一边，不知道该说什么好。

文乃似乎看不下去了，只好没话找话地跟桃聊起天来：“你喜欢吃什么呀？”

桃思索了一阵子，回答道：“小鱼干。”文乃一时无语。

就这样，我们一路吵闹着，朝贵音家走去。

接下来，要给文乃开生日庆祝会。但是，如果去文乃家，我们回去得这么晚，会吵到文乃的弟弟妹妹们。

那样的话，还没开始聊天就差不多该回家了……

我突然意识到了什么。

这是我最后一次给文乃庆祝生日了。明年的这个时候，我已经……

为什么我会忘记这一点呢？好奇怪啊。我竟然有了这样的时光会永远持续下去的错觉。过去从来没有过这种感觉，为什么……

……不能这样，不要胡思乱想了。想什么都没有用。

突然，冷不防地，贵音给了我一拳。

刚刚一走神，好像有什么话没听到。贵音鼓着脸，露出不满的神情。我只有苦笑。

与此同时，文乃也噗哧地笑出声来，伸太郎看起来也很开心。

是啊，不要胡思乱想了，我要做的，是永远记住眼前这美好的一切。

我对自己说道。随后，我带着笑容迈出脚步。

没错。

虽然绝望蔓延，就快吞没一切，可我依然要向上看。

▶ lost days-7

航迹云画出直线，向天空的另一端延伸。

透过窗户，澄澈透明的蓝色，与树木的绿色交相辉映。

喧闹的蝉声，听起来非常舒服。不知不觉，已经到了仲夏时节。

那天——第一次和她在游戏里对战——之后，不知道过去了多久。

……这样下去可不行啊。最近，发呆的时间越来越长。

有人说不活动身体的话，脑子会生锈，看来这是真的。但是，如果真是这样的话，难道所有的运动员都很聪明吗？嗯，总觉得不一定。

我坐在床上，漫无边际地想着。

突然，门开了。门口传来伸太郎轻快的声音：

“打扰啦，学长，你今天气色不错呢！”

“是伸太郎啊，谢谢你来看我。外面热不热？”

“唉，已经不是一个热字能形容的了。简直是今年最热的一天啊。”

说完，伸太郎在床边坐下，拉开衬衫领子散热。

看样子，外面相当热。看到汗水从他额头流下来，我有些不好意思。

“这么热还穿运动衫？你真是坚持不懈啊，小心热坏身体哦。”

“哈哈，没问题。啊，对了，给你礼物。”

说着，伸太郎从纸袋里拿出蛋糕卷。

看到这令人无比怀念的蛋糕，突然觉得很好笑，我忍不住笑出声来。

伸太郎不解地歪了歪脑袋。

“怎么了？你不喜欢吃蛋糕卷吗？”

“没有没有，我只是觉得看起来好好吃。”

我记得暑假的时间。今天已经是……第十天了。应该没记错。

这个暑假，伸太郎经常过来玩。

天气这么热，我心里非常过意不去。但是，他的到来，为我带来了为数不多的快乐时光。

“不过，真的辛苦你了，明明不喜欢吃甜食，还替我买蛋糕卷过来……”

“啊？这个啊，我最近也慢慢开始吃了。总觉得之前可能是越不吃才越讨厌的。”

伸太郎一边说，一边吃起蛋糕来，嘴里发出“好吃好吃”的感叹声。

看起来不像是特意装出来的，我稍稍放心了。

“说起来，咱们第一次见面的时候，你也一边说好喝，一边喝饮料来着。当时觉得好好玩。我还是第一次见到有人喝可乐喝得那么幸福。”

伸太郎不好意思地挠挠头。

“哎呀，当时真的超级感动啊。从那以后，我几乎没有不喝碳酸饮料的日子了。真的多亏了你呀。”

“这可不能算是功劳吧，总觉得更像是教给你了什么不好的事情一样。”

我笑着说道。“也差不多。”伸太郎也笑了。

就这样随意地待在一起，随意地聊天，随心所欲地欢笑。

然后就突然间意识到，我们是朋友了。

我不知道朋友的具体定义是什么，但是，如果连伸太郎也不算朋友的话，那我干脆不要什么朋友了。

当然，贵音也是我的朋友。不过，如果只是把贵音定义为朋友，心里总觉得还莫名地少些什么。

嗯，少些什么呢？难道是“那种事情”？不过，我不愿意往那方面去想。因为，就算是那样的，我怎么可能说出口啊。

——因为，我很快就要死了。

蝉声震耳欲聋。

这让我觉得自己死得正是时候。如果是下雪的季节，世界一片寂静，我恐怕会胡思乱想的吧。

所以，最近，只要我陷入思考，就去倾听蝉鸣的声音。

蝉的叫声仿佛在不断地提醒我，自己还活着。所以，每次倾听蝉鸣，心里总会变得轻松一些。

虽然如此，晚上依旧很难过。一旦开始思考死亡，就变得无休无止。

一想到自己马上就要死了，而“死”究竟是什么，我却不知道。这种时候，胃里总是一阵翻腾。

呼吸停止，心脏停止，血液不再流动，大脑失去意识。

再也不能说话，不能笑了。连听觉、视觉、味觉都会消失。

更可怕的是，什么都不能再想。那将会是怎样一种状态？我无法想象。

我无法想象“死亡”究竟是什么，我非常害怕。

说起来，不是有人说死后会去“天国”吗？有段时间，我真的试图去相信这种说法。

我会想，在天空的另一端，画里的“天国”真的存在，大家在那里幸福地生活。

我只是比大家提前一步过去，总有一天会重新相遇的。

可是，怎么可能真的存在那样的地方呢？

到底是谁编造出来的啊，又没去过，全是骗人的。骗人的，骗人的，骗人的！

是啊，死亡一定是一片黑暗。什么都没有的黑暗里，只有自己一个人……

“……学，学长？”

伸太郎的声音把我唤了回来。好像有点陷进去了。心脏怦怦直跳，呼吸有些困难。

看我没有回话，伸太郎站起身，似乎想出去叫人。

我连忙抓住他的手腕，阻止了他。

“没关系……我，我自己知道。这种是不要紧的……”

“可，可是，你看起来很难受……”

伸太郎非常担心地看着我。

虽然可能有些过分，但是，看到他很担心，我心里却非常高兴。

随后，就会变得非常厌恶自己。是我自己胡思乱想，是我自己让身体不舒服的，然后还让朋友为自己担心……真是可悲。

我深呼吸几次，慢慢调整好状态。不过，所谓的调整好也是有限度的。

说话还是有些困难，我只好暂且沉默。伸太郎也什么都没说，和我一起看向窗外。

天空改变了颜色，暮色渐渐降临。蝉声依旧，只是夹杂了几声乌鸦的叫声。

“……真希望你能快点好起来。”

伸太郎突然开口说道。好久没听到他这么说了，我有点不知如何回答。

其实很简单。“是啊，我会加油的！”——这样回答一句不就好了。

可是，不知道为什么，如此简单的一句话，我却半天说不出口。

“……不会好起来了。”

我无法面对伸太郎的表情。我也不想去面对，更不想让他看到我的表情。

“……你，你在说些什么啊。肯定是最近太热了，所以才……”

“不是的……不是的，伸太郎。”

本来已经在心里发誓，绝对不说出来。可是，此时此刻，我不知道如何阻止自己。

“……我马上就要死了。还有不到一个月。和你认识之前，很久以前我就知道了。”

伸太郎没有回答。我努力使内心平静下来，继续说道：

“伸太郎，认识你这样的好朋友，还是我这辈子第一次。所以，真的希望你能幸福。不管前方有什么苦难，你一定要替我好好活下去。”

暮色渐浓，房间里被夕阳染成一片橙黄色。

我太任性了，总是只顾自己。伸太郎一定非常困惑吧。

时间已经不早了，他也该回家了。

“对不起，伸太郎，今天你先回去吧，时间已经不早了……”

“我……”

他的声音颤抖着。我转过头，才发现伸太郎的脸上，大颗大颗的泪珠滚落下来。

“我……我不想……让你死……”

我知道，伸太郎，你能说得出更复杂的话，能说得出更巧妙的话语来安慰我。

我都知道，我都知道，因为我们是朋友啊。

“我也……”

所以，我真的无法抑制自己的感情了。

“我，我也不想死啊!!为什么……为什么偏偏是我?!这不公平……”

垫子上洒满了泪水。说起来，我还是第一次在别人面前落泪。

“身体越来越不行了……吃什么都已经感觉不到味道。好害怕，好害怕啊。谁能帮帮我……”

我一吐为快，说完以后，把脸埋进被子里，哭了。

伸太郎抚摸着我的后背，不知道过了过久。

不知不觉中，我睡着了。醒来已经是晚上。

伸太郎在床边的地毯上睡着了。我给他盖上毛毯，走了出去。

漫无目的地走着。我在想接下来该做什么，想最后该做些什么。

在这个世界上留下些什么。我从来没有想过这种宏伟的事情。但是，不知为何，突然很想去学校。

是啊,“DEAD BULLET-1989-”的比赛就快开始了。

好不容易创建了自己的角色,至少要在最后,用“KONOHA”挑战一次“ENE”。

我一边想，一边继续漫无目的地行走在夜色之下。

或许，这段时间是我人生中最珍贵的一段吧。但是不知为何，选择那样度过，我竟一点也不觉得浪费。

▶ lost days-8

今天是八月十五日，平凡而又不错的一天。

早上的新闻里说今天的气温正常，非常舒服。的确是这样的。

所以，没什么不满意的。非要说的话，就是想最后再看一次日落。

啊，对了，还有一个愿望，想参加游戏比赛。不过，这么说下去就没完没了了。

人生，还是太短暂了。

救护车的笛声，微微的震动。意识断断续续，耳边传来贵音的声音。

多半是在鼓励我，安慰我吧。

刚才还难受得厉害，现在已经感觉不到了。

总觉得，疼痛不是止住了，而是消失了。

大概，我感知痛苦的神经已经死掉了吧。当然，我只是猜测而已。不过，光是这样想想，心中都觉得空荡荡的。

耳边传来的声音模糊不清，终于，连贵音的话也听不清了。她在说些什么呢？总觉得非常悲伤。

贵音，对不起。你给了我太多太多，我却无从报答。

你一定会生气的吧。可以呀，打我也行。只要你能好受一点，怎么都行。

但是可别对不相干的人发火哦。以后，你会遇到很多很多的人，要好好珍惜他们。

嗯，一定会的。贵音是温柔的好孩子。以后，一定要笑着活下去，一定要幸福。

所以，贵音，请别再哭泣了……

终于，所有的声音都消失了……

我曾经非常惧怕永恒的寂静到来。可是，真的到了这一天，好像也不算什么了。

这就是“死亡”吗？

不，既然我还在思考，那么应该还差一点。

并没有过去的回忆如走马灯一般显现，我什么都不知道。

很快，我的思维也要消失了吧。就这样，什么都不能再想，然后……

……不要。

不要啊。我还是不想死。

我会变成什么？贵音，你还在我身边吗？在的话请告诉我，好吗？贵音……

贵音、伸太郎、文乃、老师……

我还想跟你们在一起，还想一起玩。

我为什么生就了这样一副身体呢。我想变得强壮……要是能有游戏角色那样的身体，就能和大家永远在一起了……

和大家……永远在一起……

“……渴求吧。愚蠢的人类。”

如同暗夜到来般的话语，是哪里传来的呢？

就在这时，仿佛电源突然切断一般，我彻底失去了意识。

*

——人生终结，感觉消失，此时剩下的“我”又是什么呢？

无边无际的纯白色空间，数量惊人的点滴架……我躺在中间的床上。

仿佛被缝在白色的床上一般，我的身体动弹不得。我只能感觉到自己的意识存在着。

这里不是“现实世界”，我已经死了。

很快，我就明白了这个事实。

但是，这里好像并不是“天国”，我究竟在哪里……

“……你的愿望我听到了，人类。”

不知道从何处传来的声音。好像是人类发出的，又好像不是。这个声音窸窸窣窣的，总觉得让人很不舒服。

可是，我却能听懂声音所表达的意思。

“愿望？你到底是谁……”

我正要问，突然，我看到一个无比熟悉的身体，正站在床边。我顿时惊讶得说不出话来。

“这是你自己的身体啊。你在惊讶什么？这不正是你所渴求的身体吗？”

白色的头发，黑色的项圈。这是我创造的游戏角色“KONOHA”。

“为，为什么KONOHA会在这里……为什么说这是我的身体……”

KONOHA用无神的双眼看着我。与此同时，我脑海中传来了他所看到的景象。

我的大脑被强行解读这一切，KONOHA，是我。有什么东西进入了我的身体，原本的自我被挤出体外。

“这就是你渴求的吧——强壮的身体。你的愿望实现了。不过，你弱小而无力的精神，已经被排斥掉了呢。”

我的身体变成了“KONOHA”，而我自己被排斥掉了？

这算什么！这不是我的愿望！

“不，不是这样的!!我的愿望，是和大家……是和朋友们在一起！”

“……啊，说的没错。那就这样吧。”

窸窸窣窣的声音再次响起。好像有什么计划成功了一般，它的语气仿佛在说：“正合我意。”

下一瞬间，KONOHA站立的地面，突然变成了黑色。随后，KONOHA被一点点吞没进去，毫无抵抗。

“你，你在干什么?!快停下……快停下啊!!”

“让你去‘朋友’那里啊。你的愿望真是太好了。毕竟，就算你这样的渣滓，也是‘主人’的身份。如果你不渴求的话，什么都实现不了。”

KONOHA的眼睛依然看着床上的我。

脑中传来我自己的脸，被绝望扭曲。

原来是这样，原来是这样啊。

发出声音的这个家伙，以实现我的愿望为借口，要夺走我的身体去现实世界。

“……你去现实世界，是为了什么？”

“这个啊，只不过是一种‘习性’罢了。赶往女王的身边，是我的习性。况且，指挥我行动的，不是别人，正是你自己的愿望，这一切都是你决定的。”

“……太过分了！”

“说什么呢。还有更过分的呢。再说了，你之所以来到这里，不都是因为那家伙吗？”

说完，KONOHA的身体被彻底吞没了。

我来这里的原因？

我死的原因，难道不是因为疾病吗？这个声音，到底在说些什么？

一阵沉默之后，脑中突然传来了声音。我的直觉感受到，这是KONOHA听到的声音。

声音好像是从水里发出的一般，有些模糊不清。还有一些机械发出的声响。随后，又听到人类的笑声，仿佛在嘲笑什么一般。声音的音色有些不同，我一瞬间没有反应过来，但是，我马上意识到这是谁的声音了。

“老师……”

刚才的声音，的确是老师的声音。但是，到底为什么？

“……果然，你渴求的是强壮的身体，所以我才选择了你啊。‘苏醒’也差不多完成了，一号标本算是成功了。”

老师的声音和平时完全不同，不再是那种懒散的语气，反而和刚刚听到的窸窸窣窣的声音有几分相似，充满了狡猾的感觉。

老师似乎不知道我已经在听了，笑了一会儿，继续说道：

“真没想到一下子就成功了。没有枉费我辛苦准备了整整一年……哎呀哎呀，真不容易啊。‘睡眠欲求’和‘虚弱体质’，把你们两人同时送到那边，真的不容易啊！”

突然，KONOHA睁开了眼睛，他看到的画面传到我的脑海中。

光线十分昏暗，房间里摆放着大大小小的屏幕，看起来像一个实验室。我果然没有听错，说话的人是楯山老师。

然后，他后面好像还有谁在……等等，那难道是……

“哦，你醒来了,KONOHA？抱歉啊，虽然你是来见朋友的，可是……”

躺在老师身后的，是贵音。我一时失语。

“你想一起玩耍的朋友，已经死了哦。”

▶ daze 2

这是一个漫长的故事。但是，我却感觉不到时间的流逝。

也许是这个空间太过特殊，也许是因为遥说的话深深地吸引了我。

说完，遥发出一声轻轻的叹息，看着我说道：

“……抱歉，故事有点长。”

我摇了摇头。

想说点什么，却不知该如何开口。说起来，当时在遥家里的时候，听到遥坦白自己的病情，我也和现在一样，一下子不知道该说什么才好。

从那天到现在已经过去两年了，我真是一点也没长大。

但是，总不能一直沉默下去。我艰难地组织着语言，说道：

“感觉，真是不可思议。没想到……KONOHA竟然是你……”

“对不起，在那边的世界没办法说清楚。”遥不好意思地说道。

虽然他道歉了，但是，按照他刚才说的话来看，这也是没办法的事情。

毕竟，KONOHA有KONOHA的人格，只不过控制了遥的身体而已。

或许是遥的话唤醒了我的记忆，我模糊地记起了这段时间发生的事情。

那是遥死后的两年里，发生的事情。

从学校休学，在家里闭门不出。然后，榎本贵音变成一个奇怪的家伙住进我的电脑。虽然我现在也没有原谅她。然后与目隐团相遇……想想真是不可思议，我怎么会忘记呢？全都是稀奇古怪的故事。

对啊，我是“目隐团”的一员。现在，我必须尽快回去，帮大家制定“阳炎DAZE作战”呢。

一刻也不能等，要马上离开这里。可是，要离开这里，我必须记起一件事情。

去茉莉家那天——那天之后，直到现在来到这里之前的记忆，我必须要记起来。可是不知道为什么，我竟然什么都想不起来。真拿自己没办法。

“……伸太郎，我一开始对你说过，有一件必须向你道歉的事情。你还记得吗？”

“哦，好像是说过吧。但是，你刚才说的话里，有提到那件事吗？”

“还没有呢，因为，这是我接下来要说的……”

遥看似非常难以启齿地说道。随后，他继续说了下去。

“你说，你不记得来这里的原因了？这是真的吗？”

真的吗？听到他的问题，我歪了歪脑袋。

“是真的啊。为什么要这么问我？”

一瞬间，遥露出非常悲伤的神情。

“因为，看到我以后，你必须要想起来才行。你一定是为了我……”

“什么？你说的意思，我完全不明白啊。我很想知道啊。”

“你的态度很奇怪啊。这个地方这么奇怪，你为什么表现得像什么都没发生一样？”

别说了。遥，不用说了。

“伸太郎，快点想起来吧，因为……”

不要，求求你了，别说出来。求求你了……

『……你被我×了以后，就失去生命了。』

停止跳动的心脏猛地抽痛起来。

仿佛一声警告："别忘记。"

"伸太郎，求求你了，把KONOHA……把我除掉。在这个故事，在游戏结束之前……"

说完，遥像那个夏天一样，哭了起来。

我在阳炎DAZE的正中央，呆呆地站着。

我有什么用呢？帮不了任何人的我，到底有什么用？

后记
《眼睛不知道该往哪放的故事》

大家好，我是Jin。非常感谢各位读者对《阳炎5》的喜爱。

上一集《阳炎5》的后记里，我曾经写过一句话："第六集很快就能跟大家见面了。"可是没想到，竟然足足过了一年的时间。

什么？到底发生了什么呢（困惑）？

整整一年啊，一年。换算成仓鼠的鼠生，有半分钟那么长呢。真是不敢相信，出版速度太慢了。

能不能靠谱一点啊，你们说是不是？我错了，我对不起大家（下跪）。

这一年真是忙死了。动画、Live、音乐制作，事情非常多。今后，我一定会努力保证小说按时发行，希望大家能继续喜欢我们的作品（流泪）。

有很多读者一直在期待这本小说，非常抱歉，第六集终于出版了！

本集的主人公是一个羞涩的男孩，遥。这个角色非常难写。

可能也是第一次写他的原因，为了表现他那种“纯洁”的感觉，我费了很多脑筋。

不过，这也是难免的。毕竟，我简直就是“纯洁”的反义词（邪恶）。

所以，本次写作过程中，我常常绞尽脑汁地想：“这种情况下遥会说什么呢!!啊!!谁来告诉我啊啊啊!!!”

遥和文乃第一次见面的时候，我一开始是这样设计遥的台词的：“这位小姐，你真漂亮，加我Line好友吧！”但是，戴着铁面具的编辑无情地拒绝了我的创意。编辑一边对我说“笨蛋♡”，一边差点对我施加剥指甲的酷刑。创意就这样流产了。真是的，开玩笑没有好下场。

不过，越是费劲辛苦写出的角色，越让人爱不释手。现在，我已经彻底迷上遥了。

小说后半部分写到伸太郎去看望他，当时恨不得我自己去。

“遥，你今天气色不错啊……”

“Jin，谢谢你这么热还来看我。”

“那必须的啊！”（微笑。）

好想这样跟他对话。真想让他们把我“over the dimension”了。差不多也该你了（？）。

就这样，这一集结束了。不过，虽然现在我若无其事地写着后记，其实发生了一件大事。

我的家没了（绝望）。

因为太忙了，之前租的地方合约到期，又没找到新的住所。

合约到期后，只好在事务所借了一间房间，好歹安顿下来。

小说也是蜗居在这里写完的。呜呜，好惨啊。对不起，社团的各位。

没错，我写小说的时候，会把自己关在房间里闭门不出。根本没有规定一天写多长时间这种说法，一天十个小时，或者更长。

所以，房间里充满了“小垃圾”（可爱的说法）。当然，我也不能不吃饭对吧，吃完不收拾的话，房间里自然就充满了“小味道”（可爱的说法）。因此，在事务所的房间里这么干，确实给大家添了很多麻烦。我也感受到了大家的“小嫌弃”（可爱的说法）。真的对不起。

就是这样，感觉写了很多会被口诛笔伐的东西，不过，这次也多亏了温柔善良的社员多方协助，小说才能圆满完工。

还有Sidu，每次都画那么多可爱的插图，感激之情无以言表。

哎呀，我觉得必须要再加把劲了。不，我一定会努力的！

总之，找到新家以后，我会马上开始奋笔疾书，写出第七集的。

本集结尾给大家留了一个悬念，伸太郎到底怎么样了呢？我会在下一集揭开谜底，敬请期待。

还有，上一集里也提到过“番外篇”的事情，很想试试呢！不过，当然前提是写完小说正篇。

前段时间跟编辑讨论过，对话内容如下：

我：“好想写一本关于○○○的番外篇啊……”

编辑：“笨蛋♡”（写写也挺好的？）

我：“编辑大人……呜……”（舔舔舔。）

就是这样的。所以，请大家不要期待地期待一下吧。如果有哪个角色的故事你特别想看，请一定告诉我们哦。

就这样！下一集一定会尽快出版的，谢谢大家的支持！

Jin（自然之敌P）

腹が
鳴いてます

※肚子在咕咕叫

しづ

封面草稿

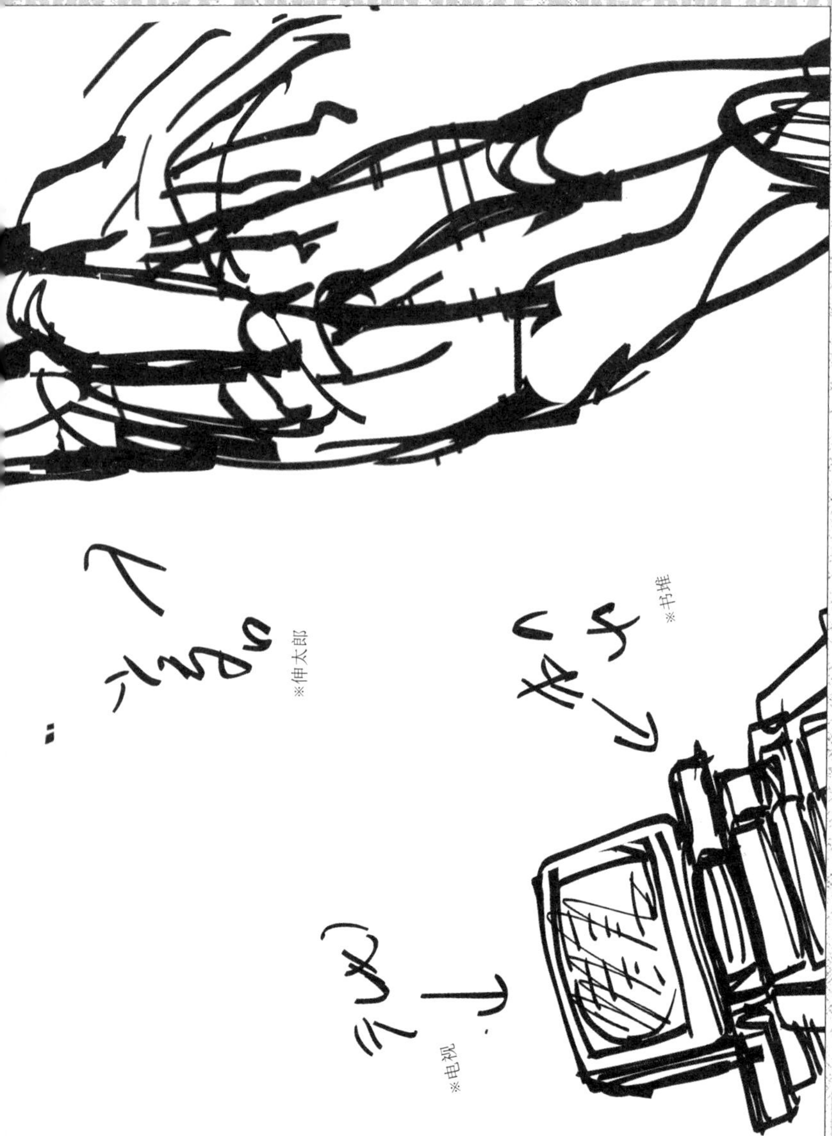

（由于构图的关系，此处做竖版处理。）

插画草稿①

（由于构图的关系，此处做竖版处理。）

插画草稿②

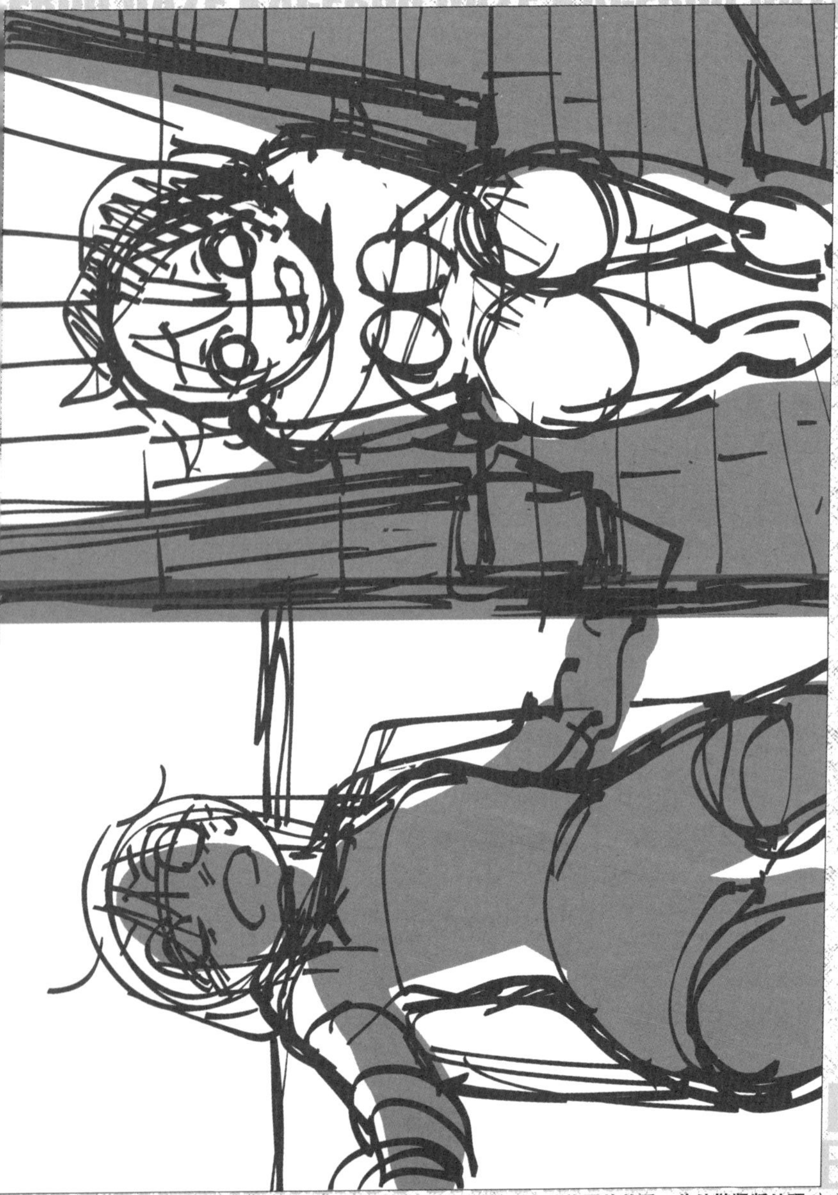

（由于构图的关系，此处做竖版处理。）

插画草稿③

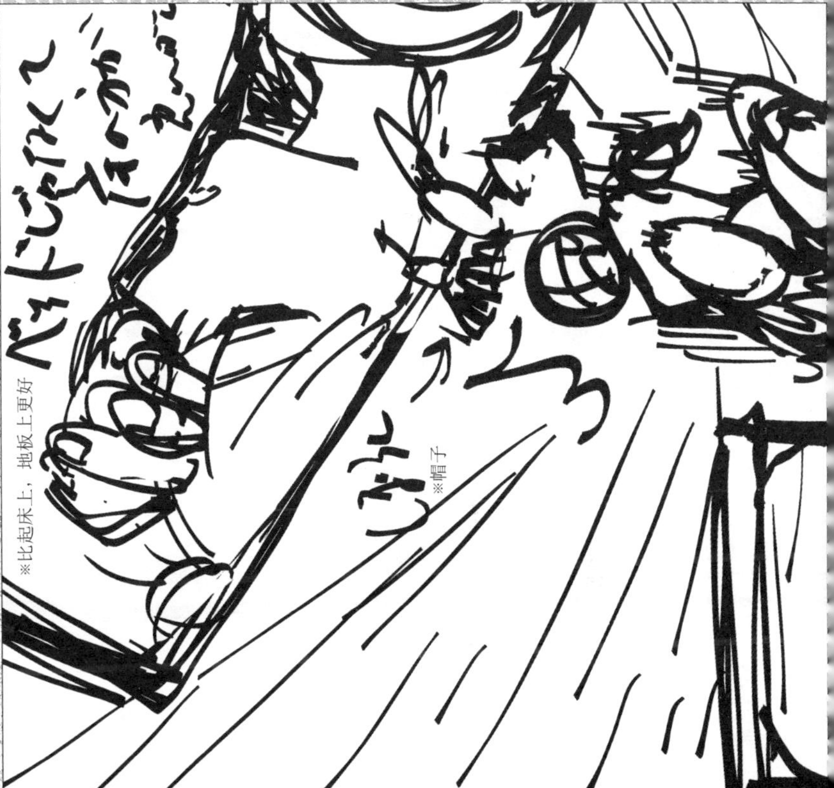

（由于构图的关系，此处做竖版处理。

插画草稿④

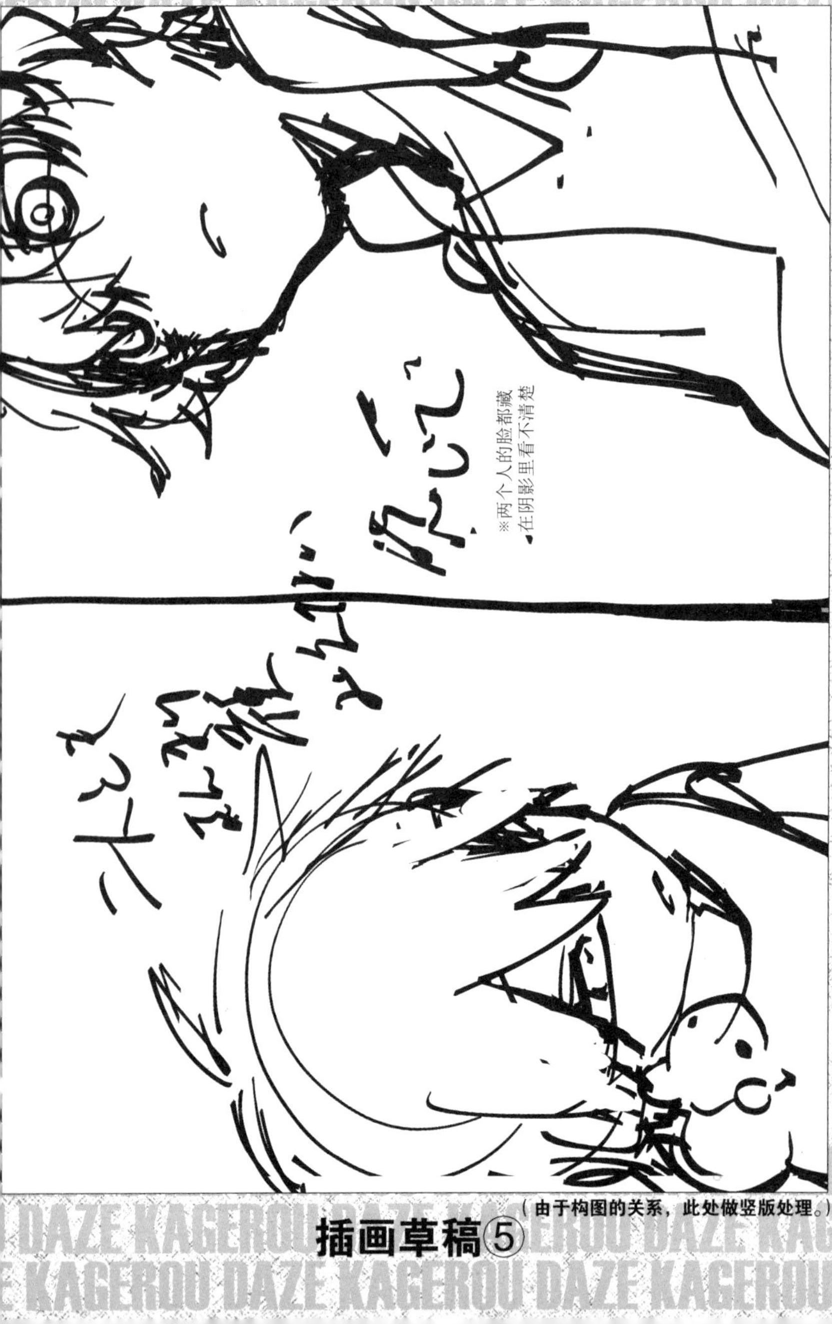

（由于构图的关系，此处做竖版处理。）

插画草稿⑤

KAGEROU DAZE KAGEROU DAZE

（由于构图的关系，此处做竖版处理。

插画草稿⑥

（由于构图的关系，此处做竖版处理。）

插画草稿⑦

（由于构图的关系，此处做竖版处理。）

插画草稿⑧

插画草稿⑨

图书在版编目（CIP）数据

阳炎. 6 / (日) Jin著；(日) Sidu绘；云青译. — 杭州：浙江人民美术出版社, 2015.10（2019.10重印）

ISBN 978-7-5340-4561-5

Ⅰ. ①阳… Ⅱ. ①J… ②S… ③云… Ⅲ. ①长篇小说－日本－现代 Ⅳ. ①I313.45

中国版本图书馆CIP数据核字(2015)第222978号

作　　者: ［日］Jin
翻　　译: 云青
责任编辑: 褚潮歌
特约编辑: 丘俊龙
责任校对: 张金辉
责任印制: 陈柏荣

原著名:《カゲロウデイズⅥ －over the dimension－》, 著者:じん（自然の敵P）, 绘者: しづ
©KAGEROU PROJECT / 1st PLACE
All Rights Reserved.
First published in Japan in 2015 by KADOKAWA CORPORATION ENTERBRAIN
Simplified Chinese translation rights arranged with KADOKAWA CORPORATION ENTERBRAIN
Translation copyright©2015 by Guangzhou Tianwen Kadokawa Animation & Comics Co., Ltd.
本书中文简体字翻译版由广州天闻角川动漫有限公司策划并由浙江人民美术出版社出版。未经出版者预先书面许可，不得以任何方式复制或抄袭本书的任何部分。
浙江省版权局著作权合同登记号：11-2015-224

本书为引进版图书，为最大限度保留原作特色、尊重原作者写作习惯，故本书酌情保留了部分外来词汇。特此说明。

阳炎 6

出版发行: 浙江人民美术出版社
地　　址: 杭州市体育场路347号
网　　址: http://mss.zjcb.com
经　　销: 全国各地新华书店
制　　版: 凸版艺彩（东莞）印刷有限公司
印　　刷: 凸版艺彩（东莞）印刷有限公司
版　　次: 2015年10月第1版・第1次印刷
2019年10月第1版・第5次印刷
开　　本: 787mm×1092mm 1/32
字　　数: 120千字
印　　张: 6.25
书　　号: ISBN 978-7-5340-4561-5
定　　价: 32.00元

版权所有 侵权必究
本书如有印装质量问题，请与广州天闻角川动漫有限公司联系调换。
联系地址：中国广州市黄埔大道中309号 羊城创意产业园3-07C
电话：（020）38031253 传真：（020）38031252
官方网址：http://www.gztwkadokawa.com/
广州天闻角川动漫有限公司常年法律顾问：北京市盈科（广州）律师事务所

是男人。

男人多半自私。他的人生观中有一基本认识，即宇宙一切均是为了他的舒适而安排下来的。除了在做事赚钱的时候不得不忍气吞声地向人奴膝婢颜外，他总是要做出一副老爷相。他的家便是他的国度，他在家里称王。他除了为赚钱而吃苦努力外，他是一个“伊比鸠派”，他要享受。他高兴的时候，孩子可以骑在他的颈上，他引颈受骑，他可以像狗似的满地爬；他不高兴时，他看着谁都不顺眼，在外面受了闷气，回到家里来加倍地发作。他不知道女人的苦处。女人对于他的殷勤委屈，在他看来，就如同犬守户、鸡司晨一样的稀松平常，都是自然现象。他说他爱女人，其实他不是爱，是享受女人，他不问他给了别人多少，但是他要在别人身上尽量榨取。他觉得他对女人最大的恩惠，便是把赚来的钱全部或一部拿回家来，但是当他把一卷卷的钞票从衣袋里掏出来的时候，他的脸上的表情是骄傲的成分多，亲爱的成分少，好像是在说：“看我！你行吗！我这样待你，你多幸运！”他若是感觉到这家不复是他的乐园，他便有多样的借口不回到家里来。他到处云游，他另辟乐园。他有聚餐会，他有酒会，他有桥会，他有书会、画会、棋会，他有夜会，最不济的还有个茶馆。他的享乐的方法太多，假如轮回之说不假，下世侥幸依然投胎为人，很少男人情愿下世做女人的。他总觉得这一世生为男身，而享受未足，下一世要继续努力。

“群居终日，言不及义”，原是人的通病，但是言谈的内容，却男女有别。女人谈的往往是“我们家的小妹又病了！”“你们家每月开销多少？”之类。男人的是另一套，普遍的方式，男人的谈话，最后不谈到女人身上便不会散场。这一个题目对男人最有兴味。如果有一个桃色案他们唯恐其和解得太快。他们好议论人家的阴私，好批评别人的妻子的性格相貌。“长舌男”是到处有的，不知为什么这名词尚不甚流行。

女　人

有人说女人喜欢说谎；假如女人所捏撰的故事都能抽取版税，便很容易致富。这问题在什么叫作说谎。若是运用小小的机智，打破眼前小小的窘僵，获取精神上小小的胜利，因而牺牲一点点真理，这也可以算是说谎，那么，女人确是比较地富于说谎的天才。有具体的例证。你没有陪过女人买东西吗？尤其是买衣料，她从不干干脆脆地说要做什么衣，要买什么料，准备出多少钱。她必定要东挑西拣，翻天覆地，同时口中念念有词，不是嫌这匹料子太薄，就是怪那匹料子花样太旧，这个不禁洗，那个不禁晒，这个缩头大，那个门面窄，批评得人家一文不值。其实，满不是这么一回事，她只是嫌价码太贵而已！如果价钱便宜，其他的缺点全都不成问题，而且本来不要买的也要购储起来。一个女人若是因为炭贵而不生炭盆，她必定对人解释说："冬天生炭盆最不卫生，到春天容易喉咙痛！"屋顶渗漏，塌下盆大的灰泥，在未修补之外，女人便会向人这样解释："我预备在这地方安装电灯。"自己上街买菜的女人，常常只承认散步和呼吸新鲜空气是她上市的唯一理由。艳羡汽车的女人常常表示她最厌恶汽油的臭味。坐在中排看戏的女人常常说前排的头等座位最不舒适。一个女子馈赠别人，必说："实在买不到什么好的……"其实这东西根本不是她买的，是别人送给她的。一个女人表示愿意陪你去上街走走，其实是她顺便要买东西。总之，女人总欢喜拐弯抹角的放一个小小的烟幕，无伤大雅，颇占体面。这也是艺术，王尔德不是说过"艺术即是说谎"吗？这些例证还只是一些并无版权的谎话而已。

女人善变，多少总有些哈姆雷特式，拿不定主意；问题大者如离婚结婚，问题小者如换衣换鞋，都往往在心中经过一读二读三读，决议之后再复议，复议之后再否决，女人决定一件事之后，还能随时做一百八十度的大转弯，做出那与决定完全相反的事，使人无法追随。因为变得急速，所以容易给人以"脆弱"的印象。莎士比亚有一名句："'脆弱'呀，你的名字叫作'女人'！"但这脆弱，并不永远使女人吃亏。越是柔韧的东西越不易摧折。女人不仅在决断上善变，即便是一个小小的别针位置也常变，午前在领扣上，午后就许移到了头发上。三张沙发，能摆出若干阵势；几根头发，能梳出无数花头。讲到服装，其变化之多，常达到荒谬的程度。外国女人的帽子，可以是一根鸡毛，可以是半只铁锅，或是一个畚箕。中国女人的袍子，变化也就够多，领子高的时候可以使她像一只长颈鹿，袖子短的时候恨不得使两腋生风，至于钮扣盘花，滚边镶绣，则更加是变幻莫测。“上帝给她一张脸，她能另造一张出来。”“女人是水做的”，是活水，不是止水。

女人善哭。从一方面看，哭常是女人的武器，很少人能抵抗她这泪的洗礼。俗话说：“一哭二睡三上吊”，这一哭确实其势难当。但从另一方面看，哭也常是女人内心的“安全瓣”。女人的忍耐的力量是伟大的，她为了男人，为了小孩，能忍受难堪的委屈。女人对于自己的享受方面，总是属于“斯多亚派”的居多。男人不在家时，她能立刻变成为素食主义者，火炉里能爬出老鼠，开电灯怕费电，再关上又怕费开关。平素既已极端刻苦，一旦精神上再受刺激，便忍无可忍，一腔悲怨天然的化作一把把的鼻涕眼泪，从“安全瓣”中汩汩而出，腾出空虚的心房，再来接受更多的委屈。女人很少破口骂人（骂街便成泼妇，其实甚少），很少揎袖挥拳，但泪腺就比较发达。善哭的也就常常善笑，迷迷的笑，吃吃的笑，咯咯的笑，哈哈的笑，笑是常驻在女人脸上的，这笑脸常常成为最有效的护照。女人最像小孩，她能为了一个滑稽的姿态而笑得前仰后合，肚皮痛，淌眼泪，以至于翻筋头！哀与乐都像是常川有备，一触即发。

女人的嘴，大概是用在说话方面的时候多。女孩子从小就往往口齿伶俐，就是学外国语也容易琅琅上口，不像嘴里含着一个大舌头。等到长大之后，三五成群，说长道短，声音脆，嗓门高，如蝉噪，如蛙鸣，真当得好几部鼓吹！等到年事再长，万一堕入“长舌”型，则东家长，西家短，飞短流长，搬弄多少是非，惹出无数口舌：万一堕入“喷壶嘴”型，则琐碎繁杂，絮聒唠叨，一件事要说多少回，一句话要说多少遍，如喷壶下注，万流齐发，当者披靡，不可向迩！一个人给他的妻子买一件皮大衣，朋友问他：“你是为使她舒适吗？”那人回答说：“不是，为使她少说些话！”

女人胆小，看见一只老鼠而当场昏厥，在外国不算是奇闻。中国女人胆小不至如此，但是一声霹雷使得她拉紧两个老妈子的手而仍战栗不止，倒是确有其事。这并不是做作，并不是故意在男人面前作态，使他有机会挺起胸脯说：“不要怕，有我在！”她是真怕。在黑暗中或荒僻处，没有人，她怕；万一有人，她更怕！屠牛宰羊，固然不是女人的事，杀鸡宰鱼，也不是不费手脚。胆小的缘故，大概主要的是体力不济。女人的体温似乎较低一些，有许多女人怕发胖而食无求饱，营养不足，再加上怕臃肿而衣裳单薄，到冬天瑟瑟打战，袜薄如蝉翼，把小腿冻得作“浆米藕”色，两只脚放在被里一夜也暖不过来，双手捧热水袋，从八月捧起，捧到明年五月，还不忍释手。抵抗饥寒之不暇，焉能望其胆大。

女人的聪明，有许多不可及处，一根棉线，一下子就能穿入针孔，然后一下子就能在线的尽头处打上一个结子，然后扯直了线在牙齿上砰砰两声，针尖在头发上擦抹两下，便能开始解决许多在人生中并不算小的苦恼，例如缝上衬衣的扣子，补上袜子的破洞之类。至于几根篾棍，一上一下的编出多少样物事，更是令人叫绝。有学问的女人，创辟“沙龙”，对任何问题能继续谈论至半小时以上，不但不令人入睡，而且令人疑心她是内行。

结婚典礼

结婚这件事，只要成年的一男一女两厢情愿就成，并不需要而且不可以有第三者的参加。但是《民法》第八百九十二条规定要有公开仪式，再加上社会的陋俗（大部分似“野蛮的遗留”），以及爱受洋罪者的参酌西法，遂形成了近年来通行于中上阶级之所谓结婚典礼，又名“文明结婚”，犹如中之有“文明新戏”。婚姻大事，不可潦草。单凭父母之命媒妁之言就把一对无辜男女捏合起来，这不叫作潦草；只因一时冲动而遂盲目地订下偕老之约，这也不叫潦草；唯有不请亲戚朋友街坊四邻来胡吃乱叫，或不当众提出结婚人来验明证身，则谓之曰潦草，又名不隆重。假如人生本来像戏，结婚典礼便似“戏中戏”，越隆重越像。这出戏订期开演，先贴海报，风雨无阻，“撒网”敛钱，鼎惠不辞；届时悬灯结彩，到处猩红；在音乐方面则或用乞丐兼任的吹鼓手，或用卖仁丹游街或绸缎店大减价的铜乐队，或钢琴或风琴或口琴；少不了的是与演员答成一片的广大观众，内中包括该回家去养老的，该寻正当娱乐的，该受别种社会教育以及平时就该摄取营养的……演员的服装，或买或借或赁，常见的是蓝袍马褂及与环境全然不调和一身西装大礼服，高冠燕尾，还有那短的像一件斗篷而还特烦两位小朋友牵着的那一橛子粉红纱！那出戏的尾声是，主人的腿子累的发麻，客人醉翻三五辈，门外的车夫一片叫嚣。评剧家曰："很热闹！"这戏的开始照例是证婚人致辞。证婚人照例是新郎的上司，或新娘家中比较拿出来最像样的贵戚。他的身份等于"跳加官"，但他自己不知道，常常误会他是在做主席，或是在礼堂里的牧师，因此他的职务成为善颂善祷，和那些在门口高叫"正念喜，抬头观，空中来了福禄寿三仙……"的叫花子是异曲而同工！他若是身通"国学"，诗云子曰的一来，那就不得了了，在讲易筋阴阳乾坤的时候，牵纱的小朋友们就非坐地上不可，而在人丛后面伸长颈子的那位客人，一定也会把其颈项慢慢缩回去了。我们应该容忍他，让他毕其词，甚而至于违者良心地报之于稀稀拉拉的掌声。放心，他将得意不了几次！

介绍人要是两个，仿佛从前的一男媒一女媒，其实是为站在证婚人身旁时一边一个，较有对称之美。介绍人宜于是面团团一团和气，谁见了他都会被他撮合似的。所以常害胃病的，专吃平价米的都不该入选。许多荣任介绍人的常喜欢当众宣布他们只是名义上的介绍人，新郎新娘早已就……好像是生恐将来打离婚官司时要受牵连，所以特先自首似的。其实是他多虑。所谓介绍，是指介绍结婚，这是婚书上写的明明白白的，并不曾让他介绍新郎新娘认识或恋爱，所以以前的因误会而恋爱和以后的因失望而反目，其责任他原是不负的。从前俗语说“新娘搀上床，媒人扔过墙”，现在的介绍人则无须等待新娘上床便已解除职务了。

新郎新娘的“台步”是值得注意的，从这里可以看出导演者的手法，新郎应该像一只木鸡，由两个傧相挟之而至，应该脸上微露苦相，好像做下什么坏事现在败露了要受制裁的样子，这才和身份相称。新娘走出来要像蜗牛，要像日移花影，只见她的位置移动，而不见她行走，头要垂下来，但又不可太垂，要表示出头和颈子还是连着的，扶着两个煞费苦心才寻到的不比自己美的傧相，随着一派乐声，在众目睽睽之下，由大家尽量端详。礼毕，新娘要准备迎接一阵“天雨粟”，也有羼杂粮的，也有带干果的，像冰雹似的没头没脸的打过来。有在额头上被命中一颗核桃的，登时皮肉隆起如舍利子。如果有人扫拢来，无疑的可以熬一大锅“腊八粥”。还有人抛掷彩色纸条，想把新娘做成一个茧子。客人对于新娘的种种行为，由品头论足以至大闹洞房，其实在刑法上都可以构成诽谤、侮辱、伤害、侵入私宅和有伤风化等罪名的，但是在隆重的结婚典礼里，这些丑态是属于“撑场面”一类，应该容许！

曾经有人把结婚比作“蛤蟆跳井”——可以得水，但是永世不得出来。现代人不把婚姻看的如此严重，法律也给现代人预先开了方便的后门或太平梯之类，所以典礼的隆重并不发生任何担保的价值。没有结过婚的人，把结婚后幻想成神仙的乐境，因此便以结婚为得意事，甘愿铺张，唯恐人家不知，更恐人家不来，所以往往一面登报“一切从简”，一面却是倾家荡产地“敬治喜筵”以为诱饵。来观婚礼的客人，除了真有友谊的外，是来签到，出钱看戏，或真是双肩承一喙地前来就食！

我们能否有一种简便的、节俭的、合理的、愉快的结婚仪式呢？这件事需要未婚者来细想一下，已婚这就不必多费心了。

谈友谊

朋友居五伦之末，其实朋友是极重要的一伦。所谓友谊实即人与人之间的一种良好的关系，其中包括了解、欣赏、信任、容忍、牺牲……诸多美德。如果以友谊作基础，则其他的各种关系如父子夫妇兄弟之类均可圆满地建立起来。当然父子兄弟是无可选择的永久关系，夫妇虽有选择余地，但一经结合便以不再仳离为原则，而朋友则是有聚有散可合可分的。不过，说穿了，父子夫妇兄弟都是朋友关系，不过形式性质稍有不同罢了。严格地讲，凡是充分具备一个好朋友的条件的人，他一定也是一个好父亲、好儿子、好丈夫、好妻子、好哥哥、好弟弟。反过来亦然。

我们的古圣先贤对于交友一端是甚为注重的。《论语》里面关于交友的话很多。在西方亦是如此。罗马的西塞罗有一篇著名的《论友谊》。法国的蒙田、英国的培根、美国爱默生，都有论友谊的文章。我觉得近代的作家在这个题目上

雲起
入山訪梅清岩壑
千萬重回望層巒
霧夕陽一抹紅
丁酉仲夏自黃山歸

似乎不大肯费笔墨了。这是不是叔季之世友谊没落的征象呢？我不敢说。

古之所谓“刎颈交”，陈义过高，非常人所能企及。如Damon与Pythias，David与Jonathan，怕也只是传说中的美谈罢。就是把友谊的标准降低一些，真正能称得起朋友的还是很难得。试想一想，如有银钱经手的事，你信得过的朋友能有几人？在你蹭蹬失意或疾病患难之中还肯登门拜访乃至雪中送炭的朋友又有几人？你出门在外之际对于你的妻室弱媳肯加照顾而又不照顾得太多者又有几人？再退一步，平素投桃报李，莫逆于心，能维持长久于不坠者，又有几人？总角之交，如无特别利害关系以为维系，恐怕很难在若干年后不变成为路人。富兰克林说：“有三个朋友是忠实可靠的——老妻、老狗与现款。”妙的是这三个朋友都不是朋友。倒是亚里士多德的一句话最干脆：“我的朋友们啊！世界上根本没有朋友。”这些话近于愤世嫉俗，事实上世界里还是有朋友的，不过虽然无须打着灯笼去找，却是像沙里淘金而且还需要长时间的洗炼。一旦真铸成了友谊，便会金石同坚，永不退转。

大抵物以类聚，人以群分。臭味相投，方能永以为好。交朋友也讲究门当户对，纵不必像九品中正那么严格，也自然有个界线。“同学少年多不贱，五陵裘马自轻肥”，于“自轻肥”之余还能对着往日的旧游而不把眼睛移到眉毛上边去吗？汉光武容许严子陵把他的大腿压在自己的肚子上，固然是雅量可风，但是严子陵之毅然决然地归隐于富春山，则尤为知趣。朱洪武写信给他的一位朋友说：“朱元璋作了皇帝，朱元璋还是朱元璋……”话自管说得很漂亮，看看他后来之诛戮功臣，也就不免令人心悸。人的身心构造原是一样的，但是一入宦途，可能发生突变。孔子说，无友不如己者。我想一来只是指品学而言，二来只是说不要结交比自己坏的，并没有说一定要我们去高攀。友谊需要两造。假如双方都想结交比自己好的，那便永远交不起来的。

好像是王尔德说过，“一个男人与一个女人之间是不可能有友谊存在的。”就一般而论，这话是对的，因为男女之间有深厚的友谊，那友谊容易变质，如果不是心心相印，那又算不得是友谊。过犹不及，那分际是难以把握的。忘年交倒是可能的。祢衡年未二十，孔融年已五十，便相交友，这样的例子史不绝书。但似乎是也以同性为限。并且以我所知，忘年交之形成固有赖于兴趣之相近与互相之器赏，但年长的一方面多少需要保持一点童心，年幼的一方面多少需要显着几分老成。老气横秋则令人望而生畏，轻薄儇佻则人且避之若浼。单身的人容易交朋友，因为他的情感无所寄托，漂泊流离之中最需要一个一倾积愫的对象，可是等到他有红袖添香稚子候门的时候，心境便不同了。

“君子之交淡如水”，因为淡所以才能不腻，才能持久。“与朋友交，久而敬之。”敬也就是保持距离，也就是防止过分的亲昵。不过“狎而敬之”是很难的。最要注意的是，友谊不可透支，总是保留几分。Mark Twain 说："神圣的友谊之情，其性质是如此的甜蜜、稳定、忠实、持久，可以终身不渝，如果不开口向你借钱。"这真是慨乎言之。朋友本有通财之谊，但这是何等微妙的一件事！世上最难忘的事是借出去的钱，一般认为最倒霉的事又莫过于还钱。一牵涉到钱，恩怨便很难清算得清楚，多少成长中的友谊都被这阿堵物所戕害！

规劝乃是朋友中间应有之义，但是谈何容易。名利场中，沆瀣一气，自己都难以明辨是非，哪有余力规劝别人？而在对方则又良药苦口忠言逆耳，谁又愿意让人批他的逆鳞？规劝不可当着第三者的面前行之，以免伤他的颜面，不可在他情绪不宁时行之，以免逢彼之怒。孔子说："忠告而善道之，不可则止。"我总以为劝善规过是友谊之消极的作用。友谊之乐是积极的。只有神仙与野兽才喜欢孤独，人是要朋友的。"假如一个人独自升天，看见宇宙的大观，群星的美丽，他并不能感到快乐，他必要找到一个人向他述说他所见的奇景，他才能快乐。"共享快乐，比共受患难，应该是更正常的友谊中的趣味。

代　沟

代沟是翻译过来的一个比较新的名词，但这个东西是我们古已有之的。自从人有老少之分，老一代与少一代之间就有一道沟，可能是难以飞渡的深沟天堑，也可能是一步迈过的小渎阴沟，总之是其间有个界限。沟这边的人看沟那边的人不顺眼，沟那边的人看沟这边的人不像话，也许吹胡子瞪眼，也许拍桌子卷袖子，也许口出恶声，也许真个的闹出命案，看双方的气质和修养而定。

《尚书·无逸》：“相小人，厥父母勤劳稼穑。厥子乃不知稼穑之艰难，乃逸乃谚既诞。否则侮厥父母曰：‘昔之人无闻知’。”这几句话很生动，大概是我们最古的代沟之说的一个例证。大意是说：请看一般小民，做父母的辛苦耕稼，年青一代不知生活艰难，只知享受放荡，再不就是张口顶撞父母说：“你们这些落伍的人，根本不懂事！”活画出一条沟的两边的人对峙的心理。小孩子嘛，总是贪玩，好逸恶劳，人之天性。只有饱尝艰苦的人，才知道以无逸为戒。做父母的人当初也是少不更事的孩子，代代相仍，历史重演。一代留下一沟，像树身上的年轮一般。

虽说一代一沟，腌臜的情形难免，然大体上相安无事。这就是因为有所谓传统者，把人的某一些观念胶着在一套固定的范畴里。“不以规矩不能成方圆”，大家都守规矩，尤其是年青的一代。“鞋大鞋小，别走了样子！”小的一代自然不免要憋一肚皮委屈，但是，别忙，“多年的媳妇熬成婆，多年的道路走成河”，转眼间黄口小儿变成了鲐背鲐老，又轮到自己唉声叹气，抱怨一肚皮不合时宜了。

我记得我小的时候，早起要跟着姐姐哥哥排队到上屋给祖父母请安。像早朝一样的肃穆而紧张，在大柜前面两张二人凳上并排坐下，腿短不能触地，往往甩腿，这是犯大忌的，虽然我始终不知是犯了什么忌。祖父母的眼睛瞪得圆圆的，手指着我们的前后摆动的小腿说：“怎么，一点样子都没有！”吓得我们的小腿立刻停摆，我的母亲觉得很没有面子，回到房里着实的数落了我们一番。祖孙之间隔着两条沟，心理上的隔阂如何得免？当时我心里纳闷，我甩腿，干卿底事。我十岁的时候，进了陶氏学堂，领到一身体操时穿的白帆布制服，有亮晶的铜钮扣，裤边还镶贴两条红带，现在回想起来有点滑稽，好像是卖仁丹游街宣传的乐队，那时却扬扬自得，满心欢喜的回家，没想到赢得的是一头雾水，“好呀！我还没死，就先穿起孝衣来了！”我触了白色的禁忌。

出殡的时候，灵前是有两排穿白衣的“孝男儿”，口里模仿嚎丧的哇哇叫。此后每逢体操课后回家，先在门洞脱衣，换上长褂，卷起裤筒。稍后，我进了清华，看见有人穿白帆布橡皮底的网球鞋，心羡不已，于是也从天津邮购了一双，但是始终没敢穿了回家。只求平安少生事，莫在代沟之内起风波。

大家庭制度下，公婆儿媳之间的代沟是最鲜明也最凄惨的。儿子自外归来，不能一头扎进闺房，那样做不但公婆瞪眼，所有的人都要竖起眉毛。他一定要先到上房请安，说说笑笑好一大阵，然后公婆（多半是婆）开恩发话：“你回屋里歇歇去吧”，儿子奉旨回到阃闱。媳妇不能随后跟进，还要在公婆面前周旋一下，然后公婆再度开恩，“你也去吧”，媳妇才能走，慢慢的走。如果媳妇正在院里浣洗衣服，儿子过去帮一下忙，到后院井里用柳罐汲取一两桶水，送过去备用，结果也会招致一顿长辈的唾骂：“你走开，这不是你做的事。”我记得半个多世纪以前，有一对大家庭中的小夫妻，十分的恩爱，夫暴病死，妻觉得在那样家庭中了无生趣，竟服毒以殉。殡殓后，追悼之日政府颁赠匾额曰：“彤管扬芬”，女家致送的白布横披曰：“看我门楣！”我们可以听得见代沟的冤魂哭泣，虽然代沟另一边的人还在逞强。

以上说的是六七十年前的事。代沟中有小风波，但没有大泛滥。张公艺九代同居，靠了一百多个忍字，其实九代之间就有八条沟，沟下有沟，一代压一代，那一百多个忍字还不是一面倒，多半由下面一代承当？古有明训，能忍自安。

“五四”运动实乃一大变局。新一代的人要造反，不再忍了。有人要“整理国故”，管他什么三坟五典八索九丘，都要揪出来重新交付审判。礼教被控吃人，孔家店遭受捣毁的威胁，世世代代留下来的沟要彻底翻腾一下，这下子可把旧一代的人吓坏了。有人提倡读经，有人竭力卫道，但是不是远水不救近火，便是只手难挽狂澜。代沟总崩溃，新一代的人如脱缰之马，一直旁出斜逸奔放驰骤到如今。旧一代的人则按照自然法则一批一批的凋谢，填入时代的沟壑。

代沟虽然永久存在，不过其现象可能随时变化。人生的麻烦事，千端万绪，要言之，不外财色两项。关于钱财，年长的一辈多少有一点吝啬的倾向。吝啬并不一定全是缺点。“称财多寡而节用之，富无金藏，贫不假贷，谓之啬。积多不能分人，而厚自养，谓之吝。不能分人，又不能自养，谓之爱。”这是《晏子春秋》的说法。所谓爱，就是守财奴。是有人好像是把孔方兄一个个的穿挂在他的肋骨上，取下一个都是血丝糊拉的。英文俚语，勉强拿出一块钱，叫作“咳出一块钱”，大概也是表示钱是深藏于肺腑，需要用力咳才能跳出来。年青一代看了这种情形，老大的不以为然，心里想：“这真是‘昔之人，无闻知’，有钱不用，害得大家受苦，忘记了‘一个钱也带不了棺材里去’。”心里有这样的愤懑蕴积，有时候就要发泄。所以，曾经有一个儿子向父亲要五十元零用，其父靳而不予，由冷言恶语而拖拖拉拉，儿子比较身手矫健，一把揪住父亲的领带（唉，领带真误事），领带越揪越紧，父亲一口气上不来，一翻白眼，死了。这件案子，按理应剐，基于“心神丧失”的理由，没有剐，在代沟的历史里留下一个悲惨的记录。

人到成年，嘤嘤求偶，这时节不但自己着急，家长更是担心，可是所谓代沟出现了，一方面说这是我的事，你少管，另一方面说传宗接代的大事如何能不过问。一个人究竟是姣好还是寝陋，是端庄还是阴鸷，本来难有定评。“看那样子，长头发、牛仔裤、嬉游浪荡、好吃懒做，大概不是善类。”“爬山、露营、打球、跳舞，都是青年的娱乐，难道要我们天天匀出工夫来晨昏定省，膝下承欢？”南辕北辙，越说越远。其实“养儿防老”“我养你小，你养我老”的观念，现代的人大部分早已不再坚持。羽毛既丰，各奔前程，上下两代能保持朋友一般的关系，可疏可密，岁时存问，相待以礼，岂不甚妙？谁也无须剑拔弩张，放任自己，而诿过于代沟。沟是死的，人是活的！代沟需要沟通，不能像希腊神话中的亚力山大以利剑砍难解之绳结那样容易的一刀两断，因为人终归是人。

莎士比亚与性

一位著名的伊丽莎白文学专家在伦敦《泰晤士报》上说："莎士比亚是最富于性的描述的英文伟大作家。他毫不费力的，很自然的，每个汗毛孔里都淌着性。"这位六十七岁的英国学者劳斯又说："在莎氏作品中，可以清楚的看到，他集中注意力于女人身上。所以他创造出一系列的动人的文学中的女性。同时有人坚信莎士比亚作品乃是培根，或玛娄，或牛津伯爵所作，其说亦显然的是狂妄，因为这几个人都是同性恋者。""这一点在莎士比亚研究上甚为重要，他是非常热烈的异性恋者——就一个英国人身份而言也许是超过了正常的程度。"

西雅图《泰晤士报》于同年四月二十四日亦刊有一段类似的电讯：

性与诗人

现代的色情作家会使莎士比亚生厌。

伦敦美联社讯——想找一本色情的书吗？不必注意目前充斥市场的淫书，去读沙士比亚的作品罢。

这是两位文学界权威的劝告，他们说这位诗人的十四行诗集有的是猥亵的描写。

伦敦《泰晤士报》今天发表了这两位戏剧专家的意见，宣称莎士比亚是英文中最富色情的作家。

莎氏传记作者牛津大学的劳斯博士说，莎士比亚“从每一个汗毛孔淌出色情”。

劳斯引述《莎士比亚的猥亵文字》作者帕特立芝（Eric Patridgc）的话，说莎氏是“一位极有学识的色情主义者，渊博的行家，非常善于谈情说爱的能手，大可以对奥维德予以教益哩”。

但是专家们说，把淫秽部分发掘出来不是容易事。

莎士比亚的色情描述通常是隐隐约约的，使用文字游戏来表达，需具有精通伊利沙白英文能力的学者才能欣赏。

劳斯说，莎氏是“非常热烈的异姓爱者——以一个英国人身份来说可能是超过了一般常态”。

劳斯的文章是为纪念一五六四年诗人诞辰纪念而

作，立即引起争论。

“大诗人是色情狂么？”太阳报的一个标题这样问。莎士比亚学会秘书 Gwyneth Bowen 说：“胡说！其他大部分伊利沙白作家比他的色情成分要多得多哩。”

看了以上两段报导文字，不禁诧异一般人对莎士比亚的认识是这样的浅薄。戏剧里含有猥亵成分是很平常的事，中外皆然。尤其是在从前，编戏的人不算是文学作家，剧本不算是文学作品，剧本是剧团所有的一项资产；剧本不是为读的，是为演的；剧本经常被人改动有所增损；剧本的内容要受观众的影响。所以，剧本里含有猥亵之处，不足为奇。看戏的人，从前都是以男人为限，而且是各阶层的男人。什么事情能比色情更能博取各色人等的会心一笑呢？不要以为只有贩夫走卒才欣赏大荤笑话，缙绅阶级的人一样的欢迎那件人人可以做而不可以说的事。平素处在礼法道德的拘束之下的人，多所忌讳，一旦在戏院里听到平素听不到的色情描写，焉能不有一种解放的满足而哄然大笑？我们中国的平剧，在从前观众没有女性参加的时候，有几出戏丑角插科打诨之中，猥亵成分特多，当时称之为“粉戏”，以后在“风化”的大题目之下逐渐删汰了比较大胆的色情点缀。莎氏全集，一八一八年包德勒（Thomas Bowdler）也曾加以“净化”，删削了一切他所认为淫秽的词句，成了“每个家庭里皆适于阅读”的版本。不过至今我还不能不想到那些所说的

"粉戏"。至今似乎没有人肯购置一部包德勒编的莎氏全集放在他的家里(事实上这个版本早已绝版)。

若说莎士比亚作品最富色情，似亦未必。十四行诗第一百二十九首是著名的一首，以性欲为主题，表现诗人对于性交之强烈的厌恶，我的译文如下：

肉欲的满足乃是精力之可耻的浪费；
在未满足之前，肉欲是狡诈而有祸害，
血腥的，而且充满了罪，
粗野无礼，穷凶极恶，不可信赖，
刚刚一满足，立即觉得可鄙；
猎取时如醉如狂；一旦得到，
竟又悔又恨，像是有人故意，
布下了钓饵被你吞掉。
追求时有如疯癫，得到时也一样；
已得，正在得，尚未得，都太极端；
享受时恍若天堂；事过后是懊丧；
这一切无人不知；但无人懂得彻底，
对这引人下地狱的天堂加以规避。

诗写得很明显，其中没有文字游戏，亦未隐约其词，但是并不淫秽。我记得罗赛蒂(Dante G. Rossetti)有一首《新婚之夜》(Nuptial Night)，也不能算是色情之作。

莎氏剧中淫秽之词，绝大部分是假借文字游戏，尤其是所谓双关语。朱生豪先生译《莎士比亚全集》把这些部分几完全删去。他所删的部分，连同其他较为费解的所在，据我约略估计，每剧在二百行以上，我觉得很可惜。我认为莎氏原作猥亵处，仍宜保留，以存其真。

在另一方面亦无须加以渲染，大惊小怪。

父母的爱

父母的爱是天地间最伟大的爱。一个孩子，自从呱呱坠地，父母就开始爱他，鞠之育之，不辞劬劳。稍长，令之就学，督之课之，唯恐不逮。及其成人，男有室，女有归，虽云大事已毕，父母之爱固未尝稍杀。父母的爱没有终期，而且无时或弛。父母的爱也没有差别，看着自己的孩子牙牙学语，无论是伶牙俐齿或笨嘴糊腮，都觉得可爱。眉清目秀的可爱，浓眉大眼的也可爱，天真活泼的可爱，调皮捣蛋的也可爱，聪颖的可爱，笨拙的也可爱，像阶前的芝兰玉树固然可爱，癞痢头儿子也未尝不可爱，只要是自己生的。甚至于孩子长大之后，跛行荡检，贻父母忧，父母除了骂他恨他之外还是对他保留一分相当的爱。

父母的爱是天生的，是自然的，如天降甘霖，霈然而莫之能御。是无条件的施与而不望报。父母子女之间的这一笔账是无从算起的。父母的鞠育之恩，子女想报也报不完，正如诗经《蓼莪》所说："父兮生我，母兮鞠我。拊我畜我，长我育我，顾我复我，出入腹我。欲报之德，昊天罔极。"父母之恩像天一般高一般大，如何能报得了！何况岁月不待人，父母也不能长在，像陆放翁的诗句"早岁已兴风木叹，余生永废蓼莪篇"正是人生长恨，千古同嗟！

古圣先贤，无不劝孝。其实孝也是人性的一部分，也是自然的，否则劝亦无大效。父母子女间的相互的情爱都是天生的。不但人类如此，一切有情莫不皆然。我不大敢信禽兽之中会有枭獍。

父母爱子女，子女不久长大也要变成为父母，也要爱其子女。

所以父母之爱像是连锁一般，代代相续，传继不绝。《易》云："天地之大德曰生。"维护人类生命之最大的、最原始的、最美妙的、最神秘的力量莫过于父母的爱。让我们来赞颂父母的爱！

赛珍珠与徐志摩

联副发表有关赛珍珠与徐志摩一篇文字之后，很多人问我究竟有没有那样的一回事。兹简答如后。

男女相悦，发展到某一程度，双方约定珍藏秘密不使人知，这是很可能的事。双方现已作古，更是死无对证。如今有人揭发出来，而所根据的不外是传说、臆测，和小说中人物之可能的影射，则吾人殊难断定其事之有无，最好是暂且存疑。

赛珍珠比徐志摩大四岁。她的丈夫勃克先生是农学家。南京的金陵大学是教会学校，其农学院是很有名的，勃克夫妇都在那里教书，赛珍珠教英文，并且在国立东南大学外文系兼课。民国十五年秋我应聘到东大授课，当时的外文系主任是张欣海先生，也是和我同时到校的，每于教员休息室闲坐等待摇铃上课时，辄见赛珍珠施施然来。她担任的课程是一年级英文。她和我们点点头，打个招呼，就在一边坐下，并不和我们谈话，而我们的热闹的闲谈也因为她的进来而中断。有一回我记得她离去时，张欣海把烟斗从嘴边拿下来，对着我和韩湘玫似笑非笑的指着她说："That woman……"这是很不客气的一种称呼。究竟"这个女人"有什么足以令人对她失敬的地方，我不知道。我觉得她应该是一位好的教师。听说她的婚姻不大美满，和她丈夫不大和谐。她于一八九二年生，当时她大概是三十六岁的样子。我的印象，她是典型的美国中年妇人，肥壮结实，露在外面的一段胳臂相当粗圆，面团团而端庄。很多人对于赛珍珠这个名字不大能欣赏，就纯粹中国人的品味来说，未免有些俗气。赛字也许是她的本姓 Sydenstricker 的部分译音，那么也就怪不得她有这样不很雅的名字了。

徐志摩是一个风流潇洒的人物，他比我大七八岁。我初次见到他是通过同学梁思成的介绍以清华文学社名义请他到清华演讲，这是民国十一年秋的事。他的讲演"艺术与人生"虽不成功，他的丰采却是很能令人倾倒。梁思成这时候正追求林徽因小姐，林长民的女儿，美貌颀颀，才情出众，二人每周要约的地点是北海公园内的松坡图书馆。徐志摩在欧洲和林徽因早已交往，有相当深厚的友谊。据梁思成告诉我，徐志摩时常至松坡图书馆去做不受欢迎的第三者。松坡图书馆星期日照例不开放，梁因特殊关系自备钥匙可以自由出入。梁不耐受到骚扰，遂于门上张一纸条，大书：Lovers want to be left alone（情人不愿受干扰）。志摩只得怏怏而去，从此退出竞逐。

我第二次见到志摩是在民国十五年夏他在北海公园董事会举行订婚宴，对方是陆小曼女士。此后我在上海遂和志摩经常有见面的机会，说不上有深交，并非到了无事不谈的程度，当然他是否对赛珍珠有过一段情不会对我讲，可是我也没有从别人口里听说过有这样的一回事。男女之私，保密不是一件容易事，尤其是爱到向对方倾诉“我只爱你一个人”的地步，这种情感不容易完全封锁在心里，可是在志摩的诗和散文里找不到任何隐约其词的暗示。同时，社会上爱谈别人隐私的人，比比皆是，像志摩这样交游广阔的风云人物，如何能够塞住悠悠之口而不被人广为传播？尤其是现下研究志摩的人很多，何待外国人来揭发其事？

如今既被外国人揭发，我猜想也许是赛珍珠生前对其国人某某有意无意的透露了一点风声，并经人渲染，乃成为这样的一段艳闻。是不是她一方面的单恋呢？我不敢说。

赛珍珠初籍籍无名，一九三八年获诺贝尔奖，世俗之人开始注意其生平。其实这段疑案，如果属实或者纯属子虚，对于双方当事者之令名均无影响，只为好事者添一点谈话资料而已。所以在目前情形下，据我看，宁可疑其无，不必信其有。

感情的动物

也不知是谁，说过一句什么："人是感情的动物。"说人是动物，我倒不恼，因为人的确是近乎动物的一类，无论他的血是凉的还是热的，在动物的范围以内人人总有他应得的位置。不过把人当作"感情的动物"，便时常足以发生一种影响，其结果足以使人露出人的本来面目来。

人的本来面目，不大好看。假如今有四五个于此，把衣服剥了去，把体面礼法惯例通通破除，然后再有人把一块带肉的骨头抛到他们中间，你看罢，是一出全武行！再譬如，一个人浑身都是感情，你不触动他倒也罢了，你万一误碰了一根毫发，他能疯了似的回过头来给你一口。"人是感情的动物"，这句话，没有说错。

可是我们总不能不希望人能从"感情的动物"进化到"理性的动物"，由感情从事进化到诉诸理性。有人告诉我说："你不觉得吗？我们是正在进化着呢。"

束 胸

本报八日香港电……有人提议禁女子束胸及青年男女吸食烟酒，经省务会议通过，云云。这是德政，可佩之至。

女子束胸，实在应该禁，只是实行起来，恐怕要很费苦心，譬如，一位胸部稽查员，巷头伫立，见一女郎珊瑚（姗姗）而来，胸部隐约坟起少许，稽查人员若是胆怯一些，或客气一些，单凭眼力，便很难断定这位女郎是否犯束胸的罪。并且女子身体，参差不齐，有的胸部完全是一块平阳之地，实在不曾束脚；亦有胸部的肉像气垫子似的，东一块凸，西一块凹，而事实上胸部已经五花大绑的捆了好几道。这怎么办？

青年男女吸食烟酒，也实在应该禁。我想这烟一定不是专指鸦片，酒也一定不是专指火酒。老年男女，就和旧报纸似的，不值什么，就是烟薰死，酒毒死，都不要紧。唯独娇嫩的青年男女，用处大，保护得要特别周到，不能不禁止他们吸食烟酒。

如今是个解放的年头儿，头发解放，缠足解放，如今又是胸部解放，但是烟禁和酒禁，却又解放不得。

乐户捐

昨日北京电："警厅通令严禁妓女退捐歇业，免影响乐户捐。"这一段电文翻成我们日常通用的语言，就是："当妓女的，无论在身体上、精神上、经济上受什么压迫，也不准停止营业，免影响北京警厅的收入。"再干脆些："北京警厅逼迫妓女继续卖淫。"

妓女通常叫作摇钱树，北京摇钱树的大老板便是警厅，因为乐户捐是警厅最大的收入的一项。所以近年来妓女生意萧条，纷纷歇业，警厅收入大受打击，为维持薪饷来源计，不得不勒令禁止。妓女与警厅的关系之深，有若是者。真可以说，警厅与妓女，相依为命。

"有饭大家吃"这句话，只是说说而已。即如北京警厅的人要吃饭，便管不得妓女有没有饭吃了。其实北方人还是太忠厚，禁止妓女歇业，大可不必说明是为乐户捐的缘故，至少也可以想出几条冠冕堂皇的理由，例如（一）妓寮里面服务的男女人员甚多，一旦歇业，生计断绝，影响地方治安。（二）妓寮是娱乐场所，也是文化机关，北京中外观瞻所系，须臾不可离。这样讲来，多么体面，多么好听！

最初的一幕

记忆的泉
涌出痛苦的水，
结成热泪的晶！

回想我二十岁的那年，竟做了我一生的关键，竟做了这篇小说的开场！

墙上挂着的日历，被我一张一张地撕下去五分之一了；和暖的春风把柳丝也吹绿了；池水油似的碧着；啾啾的雀儿，在庭前跳跃，代替了呱呱叫着的老鸦。明媚的春光啊！我的学校远在城外，没有半点的尘嚣；伴着我的只是远远的一带蜿蜒不断的青山和一泓清澈的池水，此外便要算土山上的松与石了！陪着我玩的是几个比我年纪轻的小同学。

在我生辰的那天——三月八日——弟妹们凑出他们从糖果里撙节的钱，预备了酒筵，给我祝寿。

我很惭愧地陪着他们饮那瓶案下存了三年的红葡萄酒，因为这是犯学校规则的呀。父亲拈着胡须品酒，连说："外国货是比中国货好！"母亲笑嘻嘻地凝视我，嘴唇颤动了好几次，最后说："你毕竟长成人了！你的长衫比你哥哥的要长五分！"小兄弟小妹妹只是拉抗扯扯地猜哑拳。

是啊！我自己也觉得不是小孩子了！小妹妹要我陪她踢毽子，我嗔着骂她淘气；她恼了，质问我："你去年为什么踢呢？——对了！踢碎了厅前的玻璃窗还要踢？"我皱一皱眉，没得分辩。我只觉得我现在不是小孩子了！

学校的球场上，渐渐地看不到我的影子；喧笑的堆里，渐渐地听不到我的声音。在留恋的夕阳，皎洁的月色里，我常独做荷花池畔的顾客，水木清华的主人。小同学们也着实奇怪，遇见我便神头鬼脸地议论，最熟悉的一个有时候皱着眉问我："你被书本埋起来了？"别的便附和着："人家快要养胡须了，还能同我们玩吗？"我只向他们点头、微笑，没有半句话好说。我只觉得一步跨出了小孩子的天真烂漫的境界。

玫瑰花蕾已经像枣核儿般大了。花丛里偶尔也看见几对粉蝶。无名的野草，发出很清逸的幽香，随风荡漾。自然界的事物，无时不在拨弄我的心弦；我又无时不在妄想那宇宙的大谜。

哦！我竟像大海里的孤舟，没有方向地漂泊了；又像风里的柳絮，失了魂魄似的飞了。我的生活基础在哪里，一生的终结怎么样，快乐究竟是什么……这些问题全做了我脑海里的不速之客，比我所素来最怕的代数题还难解答。

我对课本厌倦了！我的心志再也不遵守上下课铃声的吩咐。校役摇铃，我们又何苦做校役的奴禁呢？教员点名，我还他一个“到”！教员又何尝问我答“到”的是我的身体，还是我的心？这全是我受良心责难时，自己撰出来的辩白。

想家的情绪，渐渐地澹泊，也是出我意外的。我没有像从前思家的那样焦急，星期六早晨我不在铃声以前醒了；漱盥后，竟有慢慢用早餐的勇气；这固然省得到家烦母亲下厨房煮面，但是头几次竟急煞校门外以我为老主顾的洋车夫！

素嫌冗腻的《红楼梦》不知怎么也会变了味儿，合我的脾胃了；见了就头痛的《西厢记》竟做了我枕畔的嘉宾。泰戈尔的《园丁集》、但丁的《神曲》都比较地容易透进我的脑海。

若不是案头长期地摆着一架镜子，我不免要疑心我自己已然换了一个人；然而我很晓得，心灵上的变化，正似撼动天地的朔风奔涛澎湃的春潮一般的剧烈。

粘在天空的白云，怎样地瞬息间变化呢？

那天——四月里的一天——风和日煦，好鸟鸣春，我在夕阳挂在树颠的时候，独步踱到校门外边，沿着汩汩的小溪走去。春风吹在脸上，我竟像醉人一般，觉得浑身不可名状的酥泰。岸旁的小草，绿茸茸的媚人——绿进我的眼帘，绿进我的心田。我呆呆地望着流水，只汩汩地响着过去，遇着突起的几块石头，便哗啦哗啦地激起许多碎细的水点儿。我真是痴了！年年如此的小溪，有什么好看的呢？竟使我入了催眠的状态！

我只是无精打采地走去，数着岸旁的杨柳，一株，两株，三株……九株，十株……呀！忘了！唉！不数了也罢！

走过麦陇，步到一座倾圮的石桥，长板的石条横三竖四地堆着，有的一半没在水里，一半伸在水面，像座孤岛似的。这座桥已然失了它的效用；我是不想渡河的，看着它坍废的样子，倒也错综有致呢！

我往常走在这里，也就随步的过去了；这次竟停住了足，不忍心离开。在对面的河岸，一个十五六岁的穿着淡红衫子的村女踞在一块平滑的石头上浣衣。夕阳射在她的脸上——没有脂粉的脸——显出娇缦的天真。她举着那洗衣的木杵七上八下地打衣服，在我的耳朵听来，有音乐的节奏似的；水面的波纹，一圈一圈的从她踞着的地方漾到河的这边坡岸。我只记得我从前对于女子并不怎样的注意，这天却有些反常。我看着她慢慢地浣衣，心里觉得有一种不可言喻的愉快，虽然不交一语，未报一睐。

夕阳终于下山了，遗下半天的彩霞；她也终于带着衣服，沿着麦陇里的陌路，盈盈地去了，交付了我一幅黯淡的黄昏的图画。

我真是妇女的崇拜者啊！宇宙间的美哪一件不是粹在妇女的身上呢？假如亚当是美了，那么上帝何必再做夏娃呢？“女人的身是水做的；男人的身是泥做的；”是啊！尼采说：

"妇女比男子野蛮些；"我真要打他一个嘴巴子了！

"我看你终要拜倒石榴裙下！"一位同学这样不客气地预测我。我又何必不承认呢？

那群男同学们，整天的叫嚣，粗野的举动，凌乱的服饰，处处都使我厌弃他们了！然而怎样过我的孤寂的单调的生活呢？

满腔是怨，怨些什么？我问青山，青山凝妆不语；我问流水，流水呜咽不答。……

我鄙夷那些在图书馆埋头的同学们，他们不懂什么叫做快乐。我更痛恨那些斗方的道学家，他们不晓得他们自己也是人。

我知道我已经不是小孩子了；但还不知道不是小孩子的悲哀。我步步地走进生命之网。这只是最初的一幕啊！

右《最初的一幕》是C君的长篇小说《茧》的第一章。作者自云：写完此章，觉得满腹抑郁，一齐奔注笔尖，竟成均势之局，第二章再也写不出一个字来。《茧》于是就此搁笔。翟君其有独立性质，促其发表；余亦以为聊当短篇小说读可也。

1922年3月24日实秋识

（原载1922年3月31日《清华周刊》二四二期，

署名C. H. L.）

苦雨凄风

那是初秋的一天。一阵秋雨淅淅沥沥地落了下来，发出深山里落叶似的沙沙的声音；又夹着几阵清凉的秋风，把雨丝吹得斜射在百叶窗上。弟弟正在廊上吹胰子泡，偶尔地锐声地喊着。屋里非常的黑暗，像是到了黄昏；我独自卧在大椅上，无聊地燃起一支香烟。这时候我的情思活跃起来，像是一只大鹏，飞腾于八极之表；我的悲哀也骤然狂炽，似乎有一缕一缕的愁丝将要把我像蛹一般地层层缚起。啊！我的心灵也是被凄风苦雨袭着！

在这愁困的围氛里，我忽的觉得飘飘摇摇，好像是已然浮游在无边的大海里了，一轮明月照着万顷晶波……一阵海风过处，又听得似乎是从故乡吹过来的母亲的呼唤和爱人的啜泣。我不禁悲从中来，泪如雨下；却是帘栊里透进一阵凉风，把我从迷惘中间吹醒。原来我还是在椅上呆坐，一根香烟已燃得只剩三分长了。外面的秋雨兀自落个不住。我深深地呼吸了一口气。

母亲慢慢地走了进来，眼睛有些红了，却还直直地凝视着我的面上。我看看她默默无语。她也默默地坐在我对面，隔了一会儿，缓声地说：

“行李都预备好了吗？……”

她这句话当然不是她心里要说的，因为我的行装完全是母亲预备的，我知道她心里悲苦，故意地这样不动声色的谈话，然而从她的声音里，我已然听到一种哑涩的、呜咽的声音。我力自镇定，指着地上的两只皮箱说：

“都好了，这只皮箱很结实，到了美国也不至于损坏的。”

母亲点点头，转过去望着窗外，这时候雨势稍杀，院里积水泛起无数的水泡，弟弟在那里用竹竿戏水，大声地欢笑。俄顷间雨又潇潇地落大了。

壁上的时钟敲了四下，我一声不响地起来披上了雨衣，穿上套鞋……母亲说：“雨还在落着，你要出去吗？”

我从大衣袋里掏出陈小姐给我饯行的柬帖，递给她看；她看了只轻轻地点点头，说：“好，去吧。”我才掀开门帘，只听见母亲似乎叹了一声。

我走到廊上，弟弟扯着我说：“怎么，绿哥？你现在就走了吗？这样的雨天，母亲大概不准我去看你坐火车了！……”我抚弄他的头发，告诉他：“我明天才走呢。你一定可以去送我的。今天有人给我饯行。”

我走出家门，粗重的雨点打到我的身上。

公园里异常的寂静，似是特留给我们话别。池里的荷叶被雨洗得格外碧绿，清风过处，便俯仰倾欹，做出各种姿态。我们两个伏在水榭的栏上赏玩灰色的天空反映着远处的青丽的古柏，红墙黄瓦的宫殿，做成一幅哀艳沉郁的图画。我们只默默地望着这寂静的自然，不交一语。其实彼此都是满腔热情，常思晤时一吐为快，怎会没有话说呢？啊！这是情人们的通病罢，——今朝的情绪，留作明日的相思！

一阵风香，她的柔发拂在我的脸上，我周身的血管觉得紧涨起来。想到明天此刻，当在愈离愈远，从此天各一方，不禁又战栗起来。不知是几许悲哀的情绪混和起来纠缠在我心头！唉，自古伤别离，离愁果是“剪不断理还乱”的了。

我鼓起微弱的勇气，想屏绝那些愁思，无心地向她问着：“你今天给我饯别，可曾请了陪客吗？”

她凝视了我一顷，似乎是在这一顷她才把她已经出神的情思收转回来应答我的问语。她微微地呼吸了一下，颤声地说：“哦，请陪客了。陪客还是先我们而来的呢。”她微微地向我一笑，“你看啊，这苦雨凄风不是绝妙的陪客吗？……”

我也微微报她一笑，只觉一缕凄凉的神情弥漫在我心上。

雨住了。园里的景象异常的清新，玳瑁的树枝缀着翡翠的水叶，荷池的水像油似的静止，雪氅红喙的鸭儿成群地叫着。我们缓步走出行榭，一阵土湿的香气扑着鼻观；沿着池边的曲折的小径，走上两旁植柏的甬道。园里还是冷清清的。天上的乌云还在互相追逐着。

“我们到影戏院去吧，雨天人稀，必定还有趣……”她这样的提议。我们便走进影戏院。里面的观众果似晨星的稀少，我们便在僻处紧靠着坐下。铃声一响，屋里昏黑起来，影片像逸马一般在我眼前飞游过去，我的情思也似随着像机轮旋转起来。我们紧紧地握着手，没有一句话说。影片忽的一卷演讫，屋里的光线放亮了一些，我看见她的乌黑眼珠正在不眨地注视着我。

“你看影戏了没有？”

她摇摇头说：“我一点也没有看进去，不知是些什么东西在我眼前飞过……你呢？”

我勉强地笑着说：“同你一样的！……”

我们便这样的在黑暗的影戏院里度过两个小时。

我们从影戏院出来的时候，蒙蒙的细雨又在落着，园里的电灯全亮起来了，照得雨湿的地上闪闪的发光。远远的听见钟楼的当当的声音，似断似续地波送过来，只觉得凄凉、黯澹……我扶着她缓缓地步到餐馆，疏细的雨滴——是天公的泪点，洒在我们的身上。

她平时是不饮酒的，这天晚上却斟满一盏红葡萄酒，举起杯来低声地说：

“愿你一帆风顺，请尽了这一杯吧！”

我已经泪珠盈睫了，无言地举起我的酒杯，相对一饮而

老树印信

外出写生，大家用水彩，只有她有油料可用。她每次画一张画，都写信详告，我每次接到信，都仔细看好几遍。我写信给她，寄到美专，她特别关照过学校的号房工友，有信就存在那里，由她自己去取。有一次工友特别热心，把我的信转寄到她家里去。信放在窗台上，幸而没有被叔父们撞见，否则拆开一看必定天翻地覆。

天翻地覆的事毕竟几乎发生。大约我出国两个月后，季淑来信，她的叔父们对她母亲说："大嫂，三姑娘也这么大了，老在外面东跑西跑也不像一回事，我们打算早一点给她完婚。×× 部里有一位科员，人很不错，年龄么……男人大个十岁八岁也没有关系。"这是通知的性质，不是商酌，更不是征求同意。这种情况早在我们料想之中，所以季淑按照我们预定的计划应付，第一步是把情况告知黄淑贞，第二步是请黄家出面通知我的父母，由我父母央人出面正式做媒，同时由我作书禀告父母请求做主，第三步是由季淑自己出面去恳求比较温和开通的八叔（缵丞先生）惠予谅解。关键在第三步。她不能透露我们已有三年的交往，更不能说已有成言，只能扯谎，说只和我见过一面，但已心许。八叔听了觉得好生奇怪，此人既已去美，三年后才能回来，现在订婚何为？假使三年之后有变化呢？最后他明白了，他说："你既已心许，我们也不为难你，现在一切作为罢论，三年以后再说。"这是最理想的结果，由于季淑的善于言辞，我们原来还准备了第四步，但是不需要了。可是此一波折，使我心情久久不能平复。

北京国立八校的教职员因政府欠薪而闹风潮，美专奉令停办。季淑才学了一年素描即告失学。一九二四年夏，我告别了风景优美的珂罗拉多泉而进入哈佛研究院，季淑离开了北京而就教职于香山慈幼院。一九一七年熊希龄凭其政治地位领有香山全境，以风景最佳之“双清”为其别墅，以放领土地之收入举办慈幼院，由其夫人主持之。因经费宽裕，校址优美，慈幼院在北京颇有小名。季淑受聘是因为她爱那个地方。凡是名山胜水，她无不喜爱，这是她毕生的嗜好。在香山两年她享尽了清福，虽然那里的人事复杂，一群蝇营狗苟的势利之辈环拱着炙手可热的权贵人家。季淑除了教书之外一切不闻不问，她的宿舍离教室很远，要爬山坡，并且有数百级石阶，上下午各走一趟，但不以为苦。周末常约友好骑驴，游踪遍及八大处。西山一带的风景，她比我熟，因为她在香山有两年的勾留。

季淑的宿舍在山坡下，她的一间是在一排平房的中间，好像是第三个门。门前有一条廊檐。有一天阴霾四合，山雨欲来，一霎间乌云下坠，雨骤风狂。在山地旷野看雨，是有趣的事。季淑独在檐下站着，默默地出神，突然一声霹雳，一震之威几乎使她仆地，只见熊熊一团巨火打在离她身边不及十余尺的石桌石凳之上，白石尽变成黑色，硫磺的臭味历久不散。她说给我听，犹有余悸。

我们通信全靠船运，需二十余日方能到达，但不必嫌慢，因为如果每天写信隔数日付邮，差不多每隔三两天都可以收到信。我们是每天写一点，积一星期可得三数页，一张信笺两面写，用蝇头细楷写，这样的信收到一封可以看老大半天。三年来我们各积得一大包。信的内容有记事，有抒情，有议论，无体不备。季淑把我的信收藏在一个黑漆的首饰匣里，有一天忘了锁，钥匙留插在锁孔里，大家唤作小方的一位同事大概平素早就留心，难逢的机会焉肯放过，打开匣子开始阅览起来，临走还带了几封去。小方笑呵呵地把信里的内容背诵几段，季淑才发现失窃。在几经勒索要挟之下才把失物赎回。我曾选读“伯朗宁与丁尼生”一门功课，对伯朗宁的一首诗 One Word More 颇为欣赏，我便摘了下列三行诗给季淑看：

God be thanked，the meanest of hiscreatures
Boasts two soul-sides，one to face the world with，
One to show a woman when he loves her.

感谢上帝，他的最卑微的生人
也有两面的灵魂，一面对着世人，
一面给他所爱的女人看。

不过伯朗宁还是把他的情诗公诸于世了。我的书信不是预备公开的，于一九四八年冬离家时付之一炬。小方看过其

中的几封信，不知道她看的时候心中有何感受。

六

三年的工夫过去了。一九二六年七月间“麦金莱总统号”在黎明时抵达吴淞口外抛锚候潮，我听到青蛙鼓噪，我看到滚滚浊流，我回到了故国。我拿着梅光迪先生的介绍信到南京去见胡先辅先生，取得国立东南大学的聘书，就立刻北上天津。我从上海致快函给季淑，约她在天津会晤，盘桓数日，然后一同返京，她不果来。事后她向我解释，“名分未定，行为不可不检”，我觉得她的想法对，不能不肃然起敬。邓约翰（John Donne）有一首诗《出神》（The Extasie），其中有两节描写一对情侣的关系真是恰如分际：

Our hands were firmly cemented
With a fast balm, which thence did spring,
Our eye-beames twisted and did thred
Our eyes, upon one double string;

So to' entergraft our hands, as yet
Was all the meanes to make us one
And pictures in our eyes to get
Was all our propagation.

我们的手牢牢地握着，
手心里冒出黏黏的汗，
我们的视线交缠，
拧成双股线穿入我们的眼；

两手交接是我们当时
唯一途径使我们融为一体，
眼中倩影是我们
所有的产生出来的成绩。

久别重逢，相见转觉不能交一语。季淑说："华，你好像瘦了一些。"当然，怎能不瘦？她也显得憔悴。我们所谈的第一桩事是商定婚期，暑假内是不可能，因为在八月底我要回到南京去授课，遂决定在寒假里结婚。这时候有人向香山慈幼院的院长打小报告："程季淑不久要结婚了，下半年的聘书最好不要发给她。"季淑不欲在家里等候半年，她需要一个落脚处。她的一位朋友孙亦云女士任公立第三十六小学校长，学校在北新桥附近府学胡同，承她同情，约请季淑去做半年的教师。

我到香山去接季淑搬运行李进城是一件难忘的事。一清早我雇了一辆汽车，车身高高的，用曲铁棍摇半天才能发动引擎的那样的汽车，出城直奔西山，一路上汽车喇叭呜呜叫，到达之后她的行李早已预备好，一只箱子放进车内，一个相当庞大的铺盖卷只好用绳子系在车后。我们要利用这机会游览香山。季淑引路，她非常矫健，身轻似燕，我跟在后面十分吃力，过了双清别墅已经气喘如牛，到了半山亭便汗流浃背了。季淑把她撑着的一把玫瑰紫色的洋伞让给我，也无济于事。后来找到一处阴凉的石头，我们坐了下来。正喘息间，一个卖烂酸梨的乡下人担着挑子走了过来，里面还剩有七八只梨，我们便买了来吃。在口燥舌干的时候，烂酸梨有如甘露：抬头看，有小径盘旋通往山巅，据说有十八盘，山巅传说是清高宗重阳登高的所在，旧名为重阳亭，实际上并没有亭子，如今俗名为“鬼见愁”。季淑问我有无兴趣登高一望，我说鬼见犹愁，我们不去也罢。她是去过很多次的。

我们在西山饭店用膳之后，时间还多，索性尽一日之欢，顺道前往玉泉山。玉泉山是金、元、明、清历代帝王的行宫御苑，乾隆写过一篇《玉泉山记》，据说这里的水质优美，饮之可以长寿，赐名为“天下第一泉”。如今宫殿多已倾圮，沦为废墟，唯因其已荒废，掩去了它的富丽堂皇的俗气，较颐和园要高雅得多。我们一进园门就被一群穷孩子包围，争着要做向导，其实我们不需向导，但是孩子们嚷嚷着说：“你们要喝泉水，我有干净杯子；你们要登玉峰塔，我给你们领取钥匙……”无可奈何，拣了一个老实相的小孩子。他真亮出一只杯子，在那细石流沙绿藻紫荇历历可数的湖边喷泉处舀了一杯泉水，我们共饮一杯，十分清冽。随后我们就去登玉峰塔，塔在山顶，七层九丈九尺，盘旋拾级而上，嘱咐小孩在下面静候。我们到达顶层，就拂拂阶上的尘土，坐下乘凉，真是一个好去处。好像不大的工夫，那孩子通通通地蹿上来了，我问他为什么要上来，他说他等了好久好久不见人下来，所以上来看看。于是我们就拾级而下，我对季淑说："你不记得我们描过的红模子吗？'王子去求仙，丹成上九天，洞中方七日，人世几千年。'塔上面和塔下面时间过得快慢原不相同。"相与大笑。回到城里，我送季淑到黄淑贞家，把行李卸下我就走了，以后我们几次晤见是在三十六小学。

暑假很快地过去，我到南京去授课。在东南大学校门正对面有一条小巷，蓁巷，门牌四号是过探先教授新建的一栋平房，召租。一栋房分三个单位，各有四间。房子不肯分租，我便把整栋房子租了下来，一年为期。我自占中间一所，右边一所分给余上沅、陈衡粹夫妇，左边一所分给张景钺、崔芝兰夫妇，三家均摊房租，三家都是前后准备新婚。我搬进去的第一天，真是家徒四壁，上沅和我天天四处奔走购置家具等物。寝室墙刷粉红色，书房淡蓝色。有些东西还需要设计定制。足足忙了几个月，我写信给季淑："新房布置一切俱全，只欠新娘。"房子有一大缺点，寝室后边是一大片稻田，施肥的时候必须把窗紧闭。生怕这一点新娘子感到不满。

南京冬天也相当冷，屋里没有取暖的设备。季淑用蓝色毛绳线给我织了一条内裤，邮寄来。一排四颗黑扣子，上面的图案是双喜字。我穿在身上说不出的温暖，一直穿了几十年。这半年季淑很忙，一面教书一面筹备妆奁，利用她六年来的积蓄置办了四大楠木箱的衣物，没有一个人帮她一把忙。

七

我们结婚的日子是一九二七年二月十一日，行礼的地点是北京南河沿欧美同学会。这是我们请出媒人正式往返商决的。婚前还要过礼，亦曰放定，言明一切从简，那两只大呆鹅也免了，甚至许多人所期望的干果饼饵之类也没有预备。只有一具玉如意，装在玻璃匣里，还有两匣首饰，由媒人送到女家。如意是代表什么，我不知道，有人说像灵芝，取其吉祥之意，有人则说得很难听。这具如意是我们的传家之宝，平常高高地放在上房条案上的中央，左金钟，右玉磬，永远没人碰的。有了喜庆大事，才拿出来使用，用毕送还原处。以我所知。在我这回订婚以后还没有使用过一次。新娘子服装照例由男家准备、我母亲早已胸有成算，不准我开口。母亲带着我大姐到瑞蚨祥选购两身衣料，一身上衣与裙是粉红色的缎子，行婚礼时穿，一身上衣是蓝缎，裙子是红缎，第二天回门穿。都是全身定制绣花。母亲说若是没有一条红裙子便不能成为一个新娘子。她又说冬天冷，上衣非皮毛不可，于是又选了两块小白狐。衣服的尺寸由女家开了送来，我母亲一看大惊："一定写错了，腰身这样小，怎穿得上！"托人再问，回话说没错，我心中暗暗好笑，我早知道没错。棉被由我大姐负责缝制，她选了两块被面，一床洋妃色，一床水绿色，最妙的是她在被的四角缝进了干枣、花生、桂圆、栗子四色干果，我在睡觉的时候硌了我的肩膀，季淑告诉我这是取吉利，“早生贵子”之意。季淑不知道我们备了枕头，她也预备了一对，枕套是白缎子的，自己绣了红玫瑰花在角上，鲜艳无比，我舍不得用，留到如今。她又制了一个金质的项链，坠着一个心形的小盒，刻着我们两个的名字。这时候我家住在大取灯胡同一号，新房设在上屋西套间，因为不久要到南京去，所以没有什么布置，只是换了新的窗幔，买了一张新式的大床。

结婚那天，晴而冷。证婚人由我父亲出面请了贺履之（良朴）先生担任，他是我父亲的一个酒会的朋友，年高有德，而且是山水画家，当时一位名士。本来熊希龄先生曾对季淑自告奋勇愿为证婚，我们想想还是没有劳驾。张心一、张禹九两位同学是男傧相，季淑的美专同学孪生的冯棠、冯棣是女傧相。两位介绍人，只记得其一姓翁。主婚人是我父亲和季淑的四叔梓琴先生。

婚礼订在下午四时举行，客人差不多到齐了，新娘不见踪影。原来娶亲的马车到了女家，照例把红封从门缝塞进去之后，里面传话出来要递红帖，“没有红帖怎行？我们知道你是谁？”事先我要求亲迎，未被接纳，实不知应备红帖。僵持了半天，随车的人员经我父亲电话中指示临时补办，到荣宝斋买了一份红帖请人代书，总算过了关。可是彩车到达欧美同学会的时候暮霭渐深。这是意外事，也是意中事。

我立在阶上看见季淑从二门口由两人扶着缓缓地沿着旁边的游廊走进礼堂，后面两个小女孩牵纱。张禹九用胳膊肘轻轻触我说："实秋，嘿嘿，娇小玲珑。"我觉得好像有人在我耳边吟唱着彭士（Robert Burns）的几行诗：

She is a winsome wee thing,
She is a handsome wee thing,
She is a lo' esome wee thing,
This sweet wee wife o' mine.

她是一个媚人的小东西，
她是一个漂亮的小东西，
她是一个可爱的小东西，
我这亲爱的小娇妻。

事实上凡是新娘没有不美的。萨克令（Sir John Suckling）的一首《婚礼曲》（A Ballad upon a Wedding）就有几节很好的描写：

The maid-and thereby hangs a tale;
For such a maid no Whitsun-ale

Could ever yet produce ;
No grape, that's kindly ripe, could be
So round, so plump, so soft as she,
Nor half so full of juice.

Her finger was so small the ring
Would not stay on, which they did bring ;
It was too wide a peck ;
And to say truth (for out it must),
It looked like the great collar (just)
About our young colt's neck.

Her feet beneath her petticoat,
Like little mice stole in and out,
As if they feared the light ;
But oh, she dances such a way,
No sun upon an Easter day
Is half so fine a sight !

Her cheeks so rare a white was on,
No daisy makes comparison
(Who sees them is undone),
For streaks of red were mingled there,

Such as are on a Katherine pear
(The side that's next the sun).

Her mouth so small, when she does speak,
Thou' dst swear her teeth her words did break,
That they might passage get ;
But she so handled still the matter,
They came as good as ours, or better,
And are not spent a whit.

Her lips were red, and one was thin
Compared to that was next her chin
(Some bee had stung it newly) ;
But, Dick, her eyes so guard her face
I durst no more upon them gaze
Than on the sun in July.

讲到新娘(说来话长),
像她那样的姑娘,
圣灵降临的庆祝会里尚未见过:
没有树熟的葡萄像她那样红润,
那样圆,那样丰满,那样细嫩,
汁浆有一半那样的多。

她的手指又细又小，
戒指戴上去就要溜掉，
因为大松了一点；
老实说（非说不可）
恰似小驹的颈上套着
一只大的项圈。

她裙下露出两只脚，
老鼠似的出出进进地跑，
像是怕外面的光亮；
但是她的舞步翩翩，
大阳在复活节的那一天，
也没有那样美的景象。

她的两颊白得出奇，
没有雏菊能和她相比，
令人一见魂儿飞上天了；
因为那白里还带着红色，
活像是枝头的小梨一个，
朝着大阳的那一边。

她的嘴好小，说起话来，
她的牙齿要把字儿咬碎，

以便从嘴里挤送出去；
但是她处理得很得法，
谈吐不比我们差，
而且一点也不吃力。

她的唇是红的；一片很薄，
挨近下巴的那片就厚得多
（必是才被蜜蜂螫伤）；
但是，狄克，她的两眼保护着脸，
我不敢多看一眼，
有如对着七月的大阳。

季淑那天头上戴着茉莉花冠。脚上穿的一双高跟鞋，为配合礼服，是粉红色缎子做的，上面缝了一圈的亮片，走起路来一闪一闪。因戒指太松而把戒指丢掉的不是她，是我，我不知在什么时候把戒指甩掉了，她安慰我说："没关系，我们不需要这个。"

证婚人说了些什么话，根本就没有听进去，现在一个字也不记得。我只记得赞礼的人喊了一声礼成，大家纷纷涌向东厢入席就餐。少不了有人向我们敬酒，我根本没有把那小小酒杯放在眼里。黄淑贞突然用饭碗斟满了酒，严肃地说："季淑，你以后若是还认我做朋友，请尽此碗。"季淑一声不响端起碗来汩汩地喝了下去，大家都吃一惊。

回到家中还要行家礼，这是预定的节目。好容易等到客人散尽，两把太师椅摆在堂屋正中，地上铺了红毡子，请父母就座，我和季淑双双跪下磕头，然后闹哄到午夜，父母发话："现在不早了，大家睡去吧。"

罗赛蒂（D. C. Rossetti）有一首诗《新婚之夜》（The Nuptial Night），他说他一觉醒来看见他的妻懒洋洋地酣睡在他身旁，他不能相信那是真的，他疑心是在做梦。梦也好，不是梦也好，天刚刚亮，季淑骨碌爬了起来，梳洗毕换上一身新装，蓝袄红裙，红缎绣花高跟鞋，在穿衣镜前面照了又照，侧面照，转身照。等父母起来她就送过去两盏新沏的盖碗茶。这是新媳妇伺候公婆的第一幕。早餐罢，全家人聚在上房，季淑启开她的箱子把礼物一包一包地取出来，按长幼顺序每人一包，这叫作开箱礼，又叫作见面礼，无非是一些帽鞋日用之物，但是季淑选购甚精，使得家人皆大欢喜。我袖手旁观，说道："哎呀！还缺一份！——我的呢？"惹得哄堂大笑。

次一节目是我陪季淑"回门"。进门第一桩事是拜祖先的牌位，一个楠木龛里供着一排排的程氏祖先之神位多到不可计数。可见绩溪程氏确是一大望族，我们纳头便拜，行最敬礼。好像旁边还有人念念有词，说到三姑娘三姑爷什么什么的，我当时感觉我很光荣地成了程家的女婿。拜完祖先之后便是拜见家中的长辈，季淑的继祖母尚在，其次便是我的岳母，叔父辈则有四叔、七叔（荫庭先生）、九叔（荫轩先生），八叔已去世。婶婶则四婶就有两位，然后六婶、七婶、八婶、九婶。我们依次叩首，我只觉得站起来跪下去忙了一大阵。平辈相见，相互鞠躬。随后便是盛筵款待，我很奇怪季淑不在席上，不知她躲在哪里，原来是筵席以男性为限。谈话间我才知道，已去世的六叔还曾留学俄国，编过一部《俄华字典》刊于哈尔滨。

第三天，季淑病倒，腹泻。我现在知道那是由于生活过度紧张，睡了两天她就好了。

过了十几天，时局起了变化，国民革命军北伐逐步迫近南京。母亲关心我们，要我们暂且观望不要急急南下。父亲更关心我们，把我叫到书房私下对我说："你现在已经结了婚，赶快带着季淑走，机会放过，以后再想离开这个家庭就不容易了。不要糊涂，别误解我的意思。立刻动身，不可迟疑。如果遭遇困难，随时可以回来。我观察这几天，季淑很贤惠而能干，她必定会成为你的贤内助，你运气好，能娶到这样的一个女子。男儿志在四方，你去吧！"父亲说到这里，眼圈红了。

我商之于季淑，她遇大事永远有决断，立刻启程。父亲嘱咐，兵荒马乱的时候，季淑必须卸下她的鲜艳的服装，越朴素越好。她改着黑哔叽裙黑皮鞋，上身驼绒袄之外罩上一件粗布褂。我记得清清楚楚，布褂左下角有很大的一个缝在外面的衣袋，好别致。我们搭的是津浦路二等卧车（头等车被军阀们包用了），二等车男女分座，一个车厢里分上下铺，容四个人，季淑分得一个上铺。车行两天一夜，白天我们就在饭车上和过路的地方一起谈天，观看窗外的景致，入夜则分别就寝。车上睡不稳，一停就醒，醒来我就过去看看她。她的下铺是一位中年妇女，事后知道她是中国银行司库吴某的太太，她第二天和季淑攀谈：

“你们是新结婚的吧？”

“是的，你怎么知道？

“看你那位先生，一夜的工夫他跑过来看你有十多趟。”这位吴太太心肠好，我们渡江到下关，她知道我们没有人接，便自动表示她有马车送我们进城。我们搭了她的车直抵蓁巷。

这时候南京市面已经有些不稳，散兵游勇满街跑，遇到马车就征用。我们在蓁巷一共住了五天，躲在屋里，什么地方也没去。事实上我们也不想出去。渐渐地听到遥远的炮声。我的朋友李辉光、罗清生来，他们都是单身汉，劝我偕眷到上海暂避。罗清生和一家马车行的老板有旧，特意为我雇来马车，我们便邀同新婚的余上沅夫妇一同出走。可怜我煞费苦心经营的新居从此离去，当时天真的想法是政治不会过分影响到学校，不久还可以回来，所以行李等物就承洪范五先生的帮忙寄存在图书馆地下室。马车走了不远就有两名大兵持枪吓阻，要搭车到下关，他们不由分说跳上了车旁的踏脚板，一边一个像是我们的卫兵，一路无阻直达江滨。到上海的火车已断，我们搭上了太古的轮船，奇怪的是头等客房只有我们两对，优哉游哉倒真像是蜜月中的旅行。

八

我们在上海三年的生活是艰苦的，情形当然是相当狼狈。有人批评孔子为“累累若丧家之狗”，孔子欣然笑曰：“形状未也，而似丧家之狗，然哉然哉！”

季淑的大姑住在上海（大姑父汪运斋先生），她的二女婿程培轩一家返徽省亲，空出的海防路住所借给我们暂住了半个月。这是我们婚后初次尝到安定畅快的生活。随后我们就租了爱文义路众福里的一栋房子，那是典型的上海式标准的一楼一底的房，比贫民窑要算是差胜一筹，因为有电灯自来水的设备，而且门窗户壁俱全。关于这样的房子我写过一篇小文（住一楼一底房者的悲哀），其中有这样几段：

> 一楼一底的房没有孤零零的一所矗立着的，差不多都像鸽子窝似的一大排，一所一所的构造的式样大小，完全一律，就好像从一个模型里铸出来的一般。我顶佩服的就是当初打图样的土著工程师，真能相度地势，节工省料。譬如五分厚的一垛山墙就好两家合用。王公馆的右面一垛山墙，同时就是李公馆的左面的山墙，并且王公馆若是爱好美术，在右面山墙上钉一个铁钉子，挂一张美女月份牌，那么李公馆在挂月份牌的时候就不必

再钉钉子，因为这边钉一个钉子，那边就自然而然地会钻出一个钉头儿。

房子虽然以一楼一底为限，而两扇大门却是方方正正的，冠冕堂皇，望上去总不像是我所能租赁得起的房子的大门。门上两个铁环是少不得的，并且还是小不得的。……门环敲得啪啪响的时候，声浪在周围一二十丈以内的范围都可以很清晰播送得到。一家敲门，至少有三家应声“啥人？”至少有两家拔闩启锁，至少有五家人从楼窗中探出头来。

君子远庖厨，住一楼一底的人简直没有法子上跻于君子之伦。厨房里杀鸡；无论躲在哪一墙角都可以听见鸡叫（当然这是极不常有之事），厨房里烹鱼，我可以嗅到鱼腥，厨房里生火，就可以看见一朵一朵乌云在眼前飞过。自家的厨房既没法可以远，隔着半垛墙的人家的庖厨离我还是差不多的近……

厨房之上，楼房之后，有所谓亭子间者，住在里面真可说是冬冷而夏热，厨房烧柴的时候，一缕缕的青烟从地板缝中冉冉上升。亭子间上面又有所谓晒台者，名义是为晾晒衣服之用，实际常是人们乘凉、打牌、开放留声机的地方，还有人在晒台上另搭一间小屋堆置杂物。别看一楼一底，其中有不少曲折。

这一段话虽然不免揶揄，但是我们并无埋怨之意。我们虽然僦居穷巷，住在里面却是很幸福的。季淑和我同意，世界上没有一个地方比自己的家更舒适，无论那个家是多么简陋、多么寒伧。这个时候我在《时事新报》编一个副刊《青光》，这是由于张禹九的推荐临时的职业，每天夜晚上班发稿。事毕立刻回家，从后门进来匆匆登楼，季淑总是靠在床上看书等着我。

“你上楼的时候，是不是一步跨上两级楼梯？”她有一次问我。

“是的，你怎么知道？”

“我听着你的通通响的脚步声，我数着那响声的次数，和楼梯的级数不相符。”

我的确是恨不得一步就跨进我的房屋。我根本不想离开我的房屋。吾爱吾庐。

我们在爱文义路住定之后，暑假中，我的妹妹亚紫和她的好友龚业雅女士于女师大毕业后到上海来，就下榻于我们的寓处。下榻是夸张语，根本无榻可下，我和季淑睡在床上，亚紫、业雅睡在床前地板上。四个年轻人无拘无束地狂欢了好多天，季淑曲尽主妇之道。由于业雅的堂兄业光的引荐，我和亚紫、业雅都进了国立暨南大学服务。亚紫和业雅不久搬到学校的宿舍。随后我母亲返回杭州娘家去小住，路过上海也在我们寓所盘桓了几天。头一天季淑自己下厨房，她以前从没有过烹饪的经验，我有一点经验但亦不高明，我们两人商量着作弄出来四个菜，但是季淑煮米放多了水变成了粥，急得哭了一场。母亲大笑说："喝粥也很好。"这一次失败给季淑的刺激很大。她说："这是我受窘的一次；毕生不能忘。"以后她对烹饪就很悉心研究。

怀孕期间各人的反应不同。季淑于婚后三四个月即开始感觉恶心呕吐，想吃酸东西，这样一直闹到分娩那一天才止。一九二七年十二月一日(阴历十一月初八)，我们的大女儿文茜生。预先约好的产科张湘纹临时迟迟不来，只遣护士照料，以致未能善尽保护孕妇的责任，使得季淑产后将近三个月才完全复原。她本想能找得一份工作，但是孩子的来临粉碎了一切的计划，她热爱孩子，无法分身去谋职业，亦无法分神去寻娱乐。四年之间四次生产，她把全部时间与精力奉献给了孩子。

第二年我们迁居到赫德路安庆坊，是二楼二底房，宽绰了一倍，但是临街往来的电车之稀里哗啦叮叮当当从黎明开始一直到深夜，地都被震动，床也被震动。可是久之也习惯了。我的内弟道宽这一年去世，弟妇士馨也相继而殁，我便和季淑商量把我的岳母接到上海来奉养。于是我们搭船回到北京回家小住，然后接了我的岳母南下。在这房子里季淑生下第二个女儿(三岁时夭折，瘗于青岛公墓)。季淑的身体本弱，据我的岳母告诉我，庚子之乱，她们一家逃避下乡，生活艰苦，季淑生于辛丑年二月，先天不足，所以自小羸弱。季淑连生两胎，体力消耗太大，对于孕妇保健的知识我们几等于零，所以她就吃亏太多，我事后悔恨无及。幸亏有她的母亲和她相伴，她在精神上得到平安，因为她不再挂念她的老母。我看见季淑心情宁静，我亦得到无上的安慰。

这一年我父亲游杭州，路过上海也来住了几天。季淑知道我父亲的日常生活习惯和饮食的偏好，侍候唯恐不周。他洗脸要用大盆，直径要在二尺以上，季淑就真物色到那样大的洋瓷盆。他喝茶要用盖碗，水要滚，茶叶要好，泡的时间要不长不短，要守候着在正合宜的时候捧献上去，这一点季淑也做到了，我父亲说除了我的母亲之外只有季淑泡的茶可以喝。父亲喜欢冷饮，季淑自己制作各种各样的饮料，她认为酸梅汤只有北京信远斋的出品才够标准。早点巷口的生煎包子就可以了，她有时还要到五芳斋去买汤包。每餐菜肴，她尽其所能地去调配，自更不在话下。亚紫、业雅也常在一起陪伴，是我们家里最热闹的一段时期。父亲临走，对季淑着实夸奖了一番，说她带着两个孩子操持家务确是不易。

第三年我们搬到爱多亚路一零一四弄，是一栋三楼的房子，虽然也是弄堂房子，但有了阳台、壁炉、浴室、卫生设备等。一九三〇年四月十六日（阴历三月十八）在这里季淑生下第三胎，我们唯一的儿子文骐。照顾三个孩子，很不简单，单是孩子的服装就大费周章。季淑买了一架胜家缝纫机，自己做缝纫，连孩子的大衣也是自己做。她在百忙中没有忘记修饰她自己。她把头发剪了，不再有梳头的麻烦，额前留着刘海，所谓 boyish bob 是当时最流行的发式。旗袍短到膝盖，高领短袖。她自己的衣服也是大部分自己做，找裁缝匠反倒不如意。我喜欢看她剪裁，有时候比较质地好的材料铺在桌上，左量右量，画线再画线，拿着剪刀迟迟不敢下手，我就在一旁拍着巴掌唱起儿歌："功夫用得深，铁杵磨成针，功夫用得浅，薄布不能剪！"她把我推开："去你的！"然后她就咔吱咔吱地剪起来了，她很快地把衣服做好，穿起来给我看，要我批评，除了由衷的赞美之外还能说什么？

我在光华、中国公学两处兼课，真茹、徐家汇、吴淞是一个大三角，每天要坐电车、野鸡汽车、四等火车赶三处地方，整天奔波，所以每天黎明即起，厨工马兴义给我预备极丰盛的一顿早点，季淑不放心，她起来监督，陪我坐着用点，要我吃得饱饱的，然后伴我走到巷口看我搭上电车才肯回去。这一年我母亲带着五弟到杭州去，路过上海在我们家住了些日子。

我们右邻是罗努生、张舜琴夫妇，左邻是一本地商人，再过去是我的妹妹亚紫和妹夫时昭涵，再过去是同学孟宪民一家，前弄有时昭静和夏彦儒夫妇，丁西林独居一栋。所以巷里熟人不少。努生一家最不安宁，夫妻勃豁，时常魂声，午夜爆发，张舜琴屡次哭哭啼啼跑到我家诉苦，家务事外人无从置喙，结果是季淑送她回去，我们当时不懂，既成夫妻何以会反目，何以会争吵，何以会仳离。季淑常天真地问我："他们为什么要离婚？"

有一天中秋前后徐志摩匆匆地跑来，对我附耳说："胡大哥请吃花酒，要我邀你去捧捧场。你能不能去，先去和尊夫人商量一下，若不准你去就算了。”我问要不要去约努生，他说：“我可不敢，河东狮子吼，要天翻地覆，惹不起。”我上楼去告诉季淑，她笑嘻嘻地一口答应：“你去嘛，见识见识，喂，什么时候回来？”“当然是，吃完饭就回来。”胡先生平素应酬未能免俗，也偶尔叫条子侑酒，照例到了节期要去请一桌酒席。那位姑娘的名字是“抱月”，志摩说大概我们胡大哥喜欢那个月字是古月之月，否则想不出为什么相与了这位姑娘。我记得同席的还有唐腴庐和陆仲安，都是个中老手。入席之后照例每人要写条子召自己平素相好的姑娘来陪酒。我大窘，胡先生说：“由主人代约一位吧。”约来了一位坐在我身后，什么模样，什么名字，一点也记不得了。饭后还有牌局，我就赶快告辞。季淑问我感想如何，我告诉她：买笑是痛苦的经验，因为侮辱女性，亦即是侮辱人性，亦即是侮辱自己。男女之事若没有真的情感在内，是丑恶的。这是我在上海三年唯一的一次经验，以后也没再有过。

九

由于杨今甫的邀请，我到青岛去教书。这是一九三〇年夏天的事。我们乘船直赴青岛，先去参观环境，闻一多偕行。我们下榻于中国旅行社，雇了两辆马车环游市内一周，对于青岛的印象非常良好，季淑尤其爱这地方的清洁与气候的适宜，与上海相比不啻霄壤。我们随即乘火车返回北平度过一个暑假，我的岳母回到程家。

在青岛鱼山路四号我们租到一栋房子，楼上四间楼下四间。这地点距离汇泉海滩很近，约十几分钟就可以走到。季淑兴致很高。她穿上了泳装，和我偕孩子下水。孩子用小铲在沙滩上掘沙土，她和我就躺在沙滩上晒太阳，玩到夕阳下山还舍不得回家。有时候我们坐车到栈桥，走上伸到海中的长长的栈道，到尽端的亭子里乘凉。海滨公园也是我们爱去的地方，因为可以在乱石的缝里寻到很多的小蟹和水母，同时这里还有一个水族馆。第一公园有老虎和其他的兽栏，到了春季樱花盛开可真是蔚为大观，季淑叹为奇景，一去辄流连不忍走。后来她说美国西雅图或美京华盛顿的樱花品种不同，虽然也颇可观，但究比青岛逊色。我有同感。

我为学校图书馆购书赴沪一行，顺便给季淑买了一件黑绒镶红边的背心，可以穿在旗袍外面，她很喜欢，尤其是因为可以和她的一双黑漆皮镶红边的高跟鞋相配合。季淑在这时候较前丰腴，容颜焕发，洋溢着母性的光辉。我的朋友们很少在青岛有眷属，杨今甫、赵太侔、黄任初等都有家室，但都不知住在什么地方。闻一多一度带家眷到青岛，随即送还家乡。今甫屡次善意劝我，不要永远守在家里，暑期不妨一个人到外面海阔天空地跑跑，换换空气。我没有接受他的好意。和谐的家室，空气不需要换，如果需要的话，镇日价育儿持家的妻子比我更有需要。

父亲慕青岛名胜，来看我们住了十二天。我们天天出去游玩。有一天季淑到大雅沟的菜市买来一条长二尺以上的鲥鱼，父亲大为击赏。肥城桃、莱阳梨、烟台的葡萄与苹果，都可以说是天下第一，我们放量大嚼，而德人开的弗劳塞饭店的牛排与生啤酒尤为令人满意。张道藩从贵州带来的茅台酒，也成了我们孝敬父亲的无上佳品。有一晚父亲和我关起门来私谈，他把我们家的历史从我祖父起原原本本地讲述给我听，都是我从前没有听到过的，他说："有些事不足为外人道，不必对任何人提起，但不妨告诉季淑知道。"最后他提出两点叮嘱，他说他垂垂老矣，迫切期望我们能有机会在北平做事，大家住在一起，再就是关于他将来的身后之事。我当天夜晚把这些话告诉了季淑，她说："父亲开口要我们回去，我们还能有什么话说。"

第二年，我们搬到鱼山路七号居住。是新造的楼房，四上四下，还有地下室，前院亦尚宽敞。房东王德溥先生，本地人，具有山东人特有的忠厚朴实的性格，房东房客之间相处甚得。我们要求他在院里栽几棵树，他唯唯否否，没想到第二天他就率领着他的儿子押送两大车的树秧来了。六棵樱花，四棵苹果，两棵西府海棠，把小院种得满满的。树秧很大，第二年即开始着花，樱花都是双瓣的，满院子的蜜蜂嗡嗡声。苹果第二年也结实不少，可惜等不到成熟就被邻居的恶童偷尽。西府海棠是季淑特别欣赏的，胭脂色的花苞，粉红的花瓣，衬上翠绿的嫩叶，真是娇艳欲滴。

我们住定之后就设法接我的岳母来住，结果由季淑的一位表弟刘春霖护送到青岛。这样我们才安心。季淑身体素弱，第四度怀孕使她狼狈不堪，于一九三三年二月二十五日（阴历二月二日）生文蔷，由她的女高师同学王绪贞接生，得到特别小心照护，我们终身感激她。分娩之后不久，四个孩子同时感染猩红热，第二女不幸夭折。做母亲的尤为伤心。入葬的那一天，她尚不能出门，于冰霰霏霏之中，我看着把一具小棺埋在第一公墓。

青岛四年之中我们的家庭是很快乐的。我的莎士比亚翻译在这时候开始，若不是季淑的决断与支持，我是不敢轻易接受这一份工作。她怕我过劳，一年只许我译两本，我们的如意算盘是一年两本，二十年即可完成，事实上用了我三十多年的工夫！我除了译莎氏之外，还抽空译了《织工马南传》《西塞罗文录》，并且主编天津《益世报》的一个文艺周刊。季淑主持家务，辛苦而愉快，从来没有过一句怨言。我们的家座上客常满，常来的客如傅肖鸿、赵少侯、唐郁南都常在我们家便饭，学生们常来的有丁金相、张淑齐、蔡文显、韩朋，等等。张罗茶饭招待客人都是季淑的事。我从北平订制了一个烤肉的铁炙子，在青岛恐怕是独一的设备，在山坡上拾捡松枝松塔，冬日烤肉待客皆大欢喜。我的母亲带着四弟治明也来过一次，治明特别欣赏季淑烹制的红烧牛尾。后来他生了一场匍行疹，病中得到季淑的悉心调护，痊愈始去。

胡适之先生早就有意约我到北京大学去教书，几经磋商，遂于一九三四年七月结束了我们的四年青岛之旅。临去时房屋租约未满，尚有三个月的期间，季淑认为应该如约照付这三个月的租金，房东王先生坚不肯收，争执甚久，我在旁呵呵大笑，“此君子国也！”房东拗不过去，勉强收下，买了一份重礼亲到车站送行。季淑在离去之前，把房屋打扫整洁一尘不染，这以后成了我们的惯例，无论走到哪里，临去必定大事扫除。

十

我们决定回北平，父母亲很欢喜，开始准备迁居，由大取灯胡同一号迁到内务部街二十号。内务部街的房子本是我们的老家，我就是生在那个老家的西厢房，原是祖父留下的一所房子，在我十五岁的时候才从那里迁到大取灯胡同一号的新房。老家出租多年，现在收回自用。这所老房子比较大，约有房四十间，旧式的上支下摘，还有砖炕，院落较多，宜于大家庭居住。父母兴奋得不得了，把旧房整缮一新，把外院和西院划给我，并添造一间浴室。我母亲是年六十，她说：“好了，现在我把家事交给季淑，我可以清闲几年了。”事实上我们还是无法使母亲完全不操心。

回到北平先在大取灯胡同落脚，然后开始迁居。“破家值万贯”，而且我们家的传统是“室无弃物”，所以百八十年下来的这一个家是无数破烂东西的总汇，搬动一下要兴师动众，要雇用大车小车以及北平所特有的“窝脖儿的”，陆陆续续地搬了一个星期才大体就绪，指挥奔走的重任落在季淑的身上，她真是黎明即起，整天前庭后院地奔走，她的眼窝下面不时地挂着大颗的汗珠，我就掏出手绢给她揩揩。

垂花门外有一棵梨树，是房客栽的，多年生长已经扑到房檐上面，把整个院子遮盖了一半，结实累累，蔚为壮观。不知道母亲听了什么人饶舌，说梨与离同音，不祥，于是下令砍伐。季淑不敢抗，眼睁睁地看着工人把树砍倒，心中为之不怿者累日。后来我劝她在原处改植别的不犯忌讳的花木，亦可略补遗憾。她立即到隆福寺街花厂选购了四棵西府海棠，因为她在青岛就有此偏爱。这四株娇艳的花木果然如所预期很快地长大成形，翌年即繁花如簇，如火如荼，春光满院，生气盎然。同时她又买了四棵紫丁香，种在西院我的书房和卧室之间，紫丁香长得更猛，一两年间妨碍人行，非修剪不可，丁香开时香气四溢，招引蜂蝶，终日攘攘不休。前院檐下原有两畦芍药奄奄一息，季淑为之翻土施肥，冬日覆以积雪，来春新芽茁发。我的书房檐下多阴，她种了一池玉簪，抽蕊无数。

我们一家三代，大小十几口，再加上男女佣工六七人，是相当大的一个家庭。晨昏定省是不可少的礼节。每天早晨听到里院有了响动，我便拉着文蔷到里院去，到上房和东厢房分别向父母问安。文蔷是我们最小的孩子，不拉着她便根本迈不过垂花门的一尺高的门槛。文茜、文骐都跟在我的身后，文蔷还另有任务，每天把报纸送给她的祖父，祖父接过报纸总是喊她两声："小肥猪！小肥猪！"因为她小时候很胖。季淑每天早晨要负责沏盖碗茶，其间的难处是把握住时间，太早太晚都不成。每天晚上季淑还要伺候父亲一顿消夜，有时候要拖到很晚，我便躺在床上看书等她。每日两餐是大家共用的，虽有厨工专理其事，调配设计仍需季淑负责，亦大费周章。家庭琐事永远没完没结，所谓家庭生活就是永无休止的修缮补苴。缝缝连连的事，会使用缝纫机的人就责无旁贷。对外的采办或交涉，当然也是能者多劳。最难堪的是于辛劳之余还不能全免于怨怼，有一回已经日上三竿，季淑督促工人拣煤球，扰及贪睡者的清眠，招致很大的不快。有人愤愤难平，季淑反倒夷然处之，她爱说的一句话是："唐张公艺九世同居，得力于百忍，我们只有三世，何事不可忍？"

家事全由季淑处理，上下翕然，我遂安心做我的工作，教书之余就是翻译写稿。我在西院南房，每到午后四时，季淑必定给我送茶一盏，我有时停下笔来拉她小坐，她总是把我推开，说："别闹，别闹；喝完茶赶快继续工作。"然后她就抽身跑了。我隔着窗子看她的背影。我的翻译工作进行顺利，晚上她常问我这一天写了多少字，我若是告诉她写了三千多字，她就一声不响地跷起她的大拇指。我译的稿子她不要看，但是她愿意知道我译的是些什么东西。所以莎士比亚的几部名剧里的故事，她都相当熟悉。有几部莎士比亚的电影片上演，我很希望她陪我去看，但是她分不开身，她总是遗憾地教我独自去看。

季淑有一个见解，她以为要小孩子走上喜爱读书的路，最好是尽早给孩子每人置备一个书桌。所以孩子们开始认字，就给他设备一份桌椅。木器店里没有给小孩用的书桌，除非定制，她就买普通尺寸的成品，每人一份，放在寝室里挤得满满的。这一项开支绝不可省。她告诉孩子哪一个抽屉放书哪一个抽屉放纸笔。有了适当的环境之后，不久孩子养成了习惯，而且到了念书的时候自然地各就各位。孩子们由小学至大学，从来没有任何挫折，主要的是小时候养成良好习惯。季淑做了好几年的小学教师，她的教学经验在家里发生宏大的影响。可见小学教师应是最可敬的职业之一。

我们的男孩子仅有一个，季淑嫌单薄一些，最好有两男两女，一九三五年冬，她怀有五个月的孕，一日扭身开灯，受伤流产，送往妇婴医院。她为节省住进二等病房，夜间失血过多，而护士置若罔闻，我晨间赶去探视，已奄奄一息，医生开始惊慌，急救输血，改进头等病房并请特别护士。白天由我的岳母照料，夜晚由我陪伴，按照医院规定男客是不准在病房夜晚逗留的。一个星期之后才脱险。临去时那一些不负责任的护士还奚落她说："我们没有见过像你这样的娇太太！"从此我们就实行生育节制。

我对政治并无野心，但是对于国事不能不问。所以我办了一个周刊，以鼓吹爱国提倡民主为原则，朋友们如谢冰心、李长之等都常写稿给我，周作人也写过稿子。因此我对于各方面的人物常有广泛的接触。季淑看见来访的客人鱼龙混杂就为我担心。她偶尔隔着窗子窥探出入的来客，事后问我："那个獐头鼠目的是谁？那个垂首蛇行的又是谁？他们找你做什么？"这使我提高了警觉。果然，就有某些方面的人来做说客，"愿以若干金为先生寿"。人们有一种错觉，以为凡属舆论，都是一些待价而沽的东西。我当即予以拒绝，季淑知道此事之后完全支持我的决定，她说："我愿省吃俭用和你过一生宁静的日子，我不羡慕那些有办法的人之昂首上骧。"我隐隐然看到她的祖父之高风亮节在她身上再度发扬。

日寇侵略日益加紧，一九三七年六月二十三日，蒋介石及汪兆铭联名召开庐山会议，我应邀参加，事实上没有什么商议，只是宣告国家的政策。我没有等会议结束即兼程北返，七月七日卢沟桥事变爆发，二十八日北平陷落。我和季淑商议，时势如此，决定我先只身逃离北平。我当即写下了遗嘱。戎火连天，割离父母妻子远走高飞，前途渺渺，后顾茫茫。这时候我联想到"出家"真非易事，确是将相所不能为。然而我毕竟这样做了。等到平津火车一通，我立即登上第一班车，短短一段路由清早走暮夜才到达天津。临别时季淑没有一点儿女态，她很勇敢地送我到家门口，互道珍重，相对黯然。"与子之别，思心徘徊！"

去冬約見面今年暮春時
丁酉 老樹

十一

和我约好在车上相见的是叶公超，相约不交一语。后来发现在车上的学界朋友有十余人之多，抵津后都住进了法租界帝国饭店。我旋即搬到罗努生、王右家的寓中，日夜收听广播的战事消息，我们利用大头针制作许多面红白小旗，墙上悬大地图，红旗代表我军，白旗代表敌军，逐日移动地插在图上。看看红旗有退无进，相与扼腕。《益世报》的经理生宝堂先生在赴意租界途中被敌兵捕去枪杀，我们知道天津不可再留，我与努生遂相偕乘船到青岛，经济南转赴南京。在济南车站遇到数以千计由烟台徒步而来的年轻学生，我的学生丁金相在车站迎晤她的逃亡朋友，无意中在三等车厢里遇见我，相见大惊，她问我："老师到哪里去？"

"到南京去。"

"去做什么？"

"赴国难，投效政府，能做什么就做什么。"

"师母呢？"

"我顾不得她，留在北平家里。"

她跑出站买了一瓶白兰地、一罐饼干送给我，汽笛一声，挥手而别，我们都滴下了泪。

南京在敌机空袭之下，人心浮动。我和努生都有报国有心投效无门之感。我奔跑了一天，结果是教育部发给我二百元生活费和岳阳丸头等船票一张，要我立即前往长沙候命。我没有选择，便和努生匆匆分手，登上了我们扣捕的日本商船岳阳丸。叶公超、杨今甫、俞珊、张彭春都在船上相遇。伤兵难民挤得船上甲板水泄不通，我的精神陷入极度苦痛。到长沙后我和公超住在青年会，后移入韭菜园的一栋房子，是樊逵羽先生租下的北大办事处。我们三个人是北平的大学教授南下的第一批。随后张子缨也赶了来。长沙勾留了近月，无事可做，心情苦闷，大家集议醵资推我北上接取数家的眷属。我衔着使命，间道抵达青岛，搭顺天轮赴津，不幸到烟台时船上发现虎烈拉，船泊大沽口外，日军不许进口，每日检疫一次，海上拘禁二十余日，食少衣单，狼狈不堪。登岸后投宿皇宫饭店，立即通电话给季淑，翌日她携带一包袱冬衣到津与我相会。乱离重逢，相拥而泣。翌日季淑返回北平。因樊逵羽先生赶到天津，我遂在津又有数日勾留。后我返平省亲，在平滞留三数月，欲举家南下，而情况不许，尤其是我的岳母年事已高不堪跋涉。季淑与其老母相依为命，不可能弃置不顾，侍养之日诚恐不久，而我们夫妻好合则来日方长，于是我们决定仍是由我只身返回后方。会徐州陷落，敌伪强迫悬旗志贺，我忍无可忍，遂即日动身。适国民参政会成立，我膺选为参政员，乃专程赴香港转去汉口，从此进入四川，与季淑长期别离六年之久。

在这六年之中，我固颠沛流离贫病交加，季淑在家侍奉公婆老母，养育孩提，主持家事，其艰苦之状乃更有甚于我者。自我离家，大姐二姐相继去世，二姐遇人不淑身染肺癌，乏人照料，季淑尽力相助，弥留之际仅有季淑与二姐之幼女在身边陪伴。我们的三个孩子在同仁医院播种牛痘，不幸疫苗不合规格，注射后引起天花，势甚严重，几濒于殆，尤其是文茜面部结痂作痒，季淑为防其抓破成麻，握着她的双手数夜未眠，由是体力耗损，渐感不支。维时敌伪物资渐缺，粮食供应困难，白米白面成为珍品，居恒以糠麸花生皮屑羼人杂粮混合而成之物充饥，美其名曰文化面。儿辈羸瘦，呼母索食。季淑无以为应，肝肠为之寸断。她自己刻苦，但常给孩子鸡蛋佐餐，孩子久而厌之。有时蒸制丝糕(即小米粉略加白，面白糖蒸成之糕饼)作为充饥之物，亦难得引起大家的食欲。此际季淑年在四十以上，可能是由于忧郁，更年期提早到来，百病丛生，以至于精神崩溃。不同情的人在一旁讪笑："我看她没有病，是爱花钱买药吃。""我看她也没有病，我看见她每饭照吃。""我看她也没有病，丝糕一吃就是两大块。"她不顾一切，乞灵于协和医院，医嘱住院，于是在院静养两星期，病势略转，此后风湿关节炎时发时愈，足不良行。孩子们长大，进入中学，学业不成问题，均尚自知奋勉不落人后，但是交友万一不慎后果堪虞，季淑为了此事最为烦忧。抗战期间前方后方邮递无阻，我们的书信往来不断，只是互报平安，季淑在家种种苦难并不透露多少，大部分都是日后讲给我听。

我的岳母虽然年迈，健康大致尚佳。她曾表示愿意看看自己的寿材，所以我在离平之前和季淑到了桅厂订购了上好的材木一副，她自己也看了满意。一九四三年春偶然不适，好像有所预感，坚持回到程家休息，不数日即突然病革，季淑带着孩子前去探视，知将不起，尚殷殷以我为念。她最喜爱文蔷，临终时呼至榻前，执其手而告之："文蔷，你要乖乖的，听你妈妈的话。"言讫，溘然而逝。所有丧葬之事均由季淑力疾主持。她有信给我详述经过，哀毁逾恒，其中有一句话是"华，我现在已成为无母之人矣……"季淑孝顺她的母亲不是普通的孝顺，她是真实地做到了"菽水承欢"。

季淑没有和我一起到后方去，主要的是为了母亲。如今母亲既已见背，我们没有理由维持两地相思的局面。我们十年来的一点积蓄除了投资损失之外陆续贴补家用，六年来亦已告罄，所以我就写信要她准备来川。她唯一的顾虑是她的风湿病，不知两腿是否禁得起长途跋涉。说也奇怪，她心情一旦开朗，脚步突然转健，若有神助。由北平起旱到四川不是一件容易事。季淑有一位堂弟道良，前两年经由叔辈决定过继给我的岳母做继子，他们的想法是：季淑究竟是一个女儿，嫁出的女儿泼出的水，不能成为嗣祧。道良为人极好，事季淑如胞姐。他自告奋勇，送她一半行程。一九四四年夏，季淑带着三个孩子十一件行李，病病歪歪的，由道良搀扶着，从北平乘车南下。由徐州转陇海路到商丘，由商丘起旱到亳州，这是前后方交界之处，道良送她到此为止，以后的漫漫长途就靠她自己独闯了。所幸她的腿疾日有进步，到这时候已可勉强行走无须扶持。从亳州到漯河，由漯河到叶县，这一段的交通工具只能利用人力推车，北方话称之为“小车子”，车仅一轮，由车夫一人双手把持，肩上横披一带系于车把之上，轮的两边则一边坐人，一边放行李，车夫一面前进一面摆动其躯体以维持均衡。土路崎岖，坑洼不平，轮轴吱吱作响，不但进展迟缓，且随时有翻倒之虞。车夫一面挥汗一面高唱俚歌，什么“常山赵子龙，燕人张翼德”“有山就有水，有水就有鱼……”，一路上前呼后应，在黄土飞扬之中打滚。到站打尖，日暮投宿。季淑就这样带着三个孩子十一件行李一天又一天地在永无止境的土路上缓缓前进。怕的是青纱帐起，呼吁无门，但邀天之幸一路安宁，终于到达叶县。对于劳苦诚实的车夫们，季淑衷心感谢，乃厚酬之。

由叶县到洛阳有公路可循，可以搭乘公共汽车，汽车是使用柴油的，走起来突突冒烟，随时随地抛锚。乘客拥挤抢座，幸赖有些流亡学生见义勇为，帮助季淑及二女争取座位，文骐不在妇孺之列，只能爬上车顶在行李堆中觅一席地。季淑怕他滚落，苦苦哀求其他车顶上的同伴赐以援手，幸而一路无事。黄土平原久旱无雨，汽车过处黄尘蔽天，到站休息时人人毛发尽黄，纷纷索水洗面。季淑在道旁小店就食，点菠菜猪肝一盘，孩子大悦，她不忍下筷唯食余沥而已。同行的流亡学生有贫苦以至枵腹者，季淑解囊相助，事实上她自己的盘缠也所余无几了。

季淑一行到洛阳后稍事休息，搭上火车，精神为之一振，虽是没有窗户的铁闷车，然亦稳速畅快。唯夜间闯过潼关时熄灯急驶，犹不免遭受敌军炮轰，幸而无恙，饱受虚惊。到达西安，在菊花园口厚德福饭庄饱餐一顿并略得接济，然后搭车赴宝鸡，这是陇海路最后一站。从此便又改乘公共汽车，开始长征入川。汽车随走随停，至剑阁附近而严重抛锚，等待运送零件方能就地修复，季淑托便车带信给我，我乃奔走公路局权要之门请求救济，我生平不欲求人，至是不能不向人低首！在此期间，季淑等人食宿均成问题，赖有同行难友代为远道觅食，夜晚即露宿道旁。一夕，睡眠中忽闻哞声走于身畔，隐约见一庞形巨物，季淑大惊而呼，群起察视，原来是一只水牛。越数日汽车修复，开始蠕动，终于缓缓地爬到了青木关，再换车而抵达北碚，与我相会。

六年暌别，相见之下惊喜不可名状。长途跋涉之后，季淑稍现清癯。然而我们究竟团圆了。“今夕何夕，见此粲者！”凭了这六年的苦难，我们得到了一个结论：在丧乱之时，如果情况许可，夫妻儿女要守在一起，千万不可分离。我们受了千辛万苦，不愿别人再尝这个苦果。日后遇有机会我们常以此义劝告我们的朋友。

我在四川一直支领参政会一份公费，虽然在国立编译馆全天工作，并不受薪。人笑我迂，我行我素。现在五口之家，子女就学，即感拮据。季淑征尘甫卸，为补充家用，接受社会部北碚儿童福利实验区之聘，任该区福利所干事。区主任为章柳泉先生。季淑的职务是办理消费合作社的事务。

和她最契的同事是童启华女士（朱锦江夫人），据季淑告诉我，童先生平素不议人短长，不搬弄是非，而且公私分明，一丝不苟，掌管公物储藏，虽一纸一笔之微，核发之际亦必详究用途，不稍浮滥，时常开罪于人。季淑说像这样奉公守法的人是极少见的，季淑和她交谊最洽，可惜胜利后即失去联络，但季淑时常想念到她。

第二年，即一九四五年，季淑转入迁来北碚的国立戏剧专科学校为教具组服装管理员，校长为余上沅。上沅夫妇是我们的熟人，但季淑并不因人事关系而懈怠其职务，她准时上班下班，忠于其职守。她给全校师生留下了良好的印象。

季淑于生活艰难之中在四川苦度了两年。事实上在抗战期间无论是在陷区或后方，没有人不受到折磨的。只有少数有办法的人能够浑水摸鱼。我有一位同学，历据要津，宦囊甚富，战时寓居香港，曾扬言于众："你们在后方受难，何苦来哉？一旦胜利来临，奉命接收失土坐享其成的是我们，不是你们。"我们听了不寒而栗。这位先生于日军攻占香港时遇害，但是后来接收人员"五子登科"的怪剧确是上演了。

一九四五年八月十日，季淑于晚间下班时带回了一张报纸的号外：

《嘉陵江日报》号外

日本接受无条件投降

旧金山八月十日广播日本政府本日四时接受四国公

告无条件投降其唯一要求是保留天皇今日吾人已获胜利已获和平

我们听到了遥远的爆竹声，鼎沸的欢呼声。

还乡的交通工具不敷，自然应该让特权阶级豪门巨贾去优先使用，像我们所服务的闲散机构如国民参政会国立编译馆之类当然应该听候分配。等候了一年光景，一九四六年秋，国民参政会通知有专轮直驶南京，我们这才怀着一种复杂的心情告别四川鼓轮而下。我说心情复杂，因为抗战结束可以了却八年流亡之苦，可以回乡省视年老的爹娘，可以重新安心做自己的工作，但是家园已经破碎，待要从头整理，而国事蜩螗，不堪想象。

十二

我们在南京下榻于国立编译馆的一间办公室内，包饭搭伙，孩子们睡地板。也有人想留我在南京工作，我看气氛不对，和季淑商量还是以回到北平继续教书为宜，便借口离开南京遄赴上海搭飞机返平。阔别八年的我，在飞机上看到了颐和园的排云殿，心都要从口里跳出来。

回到家里看见我父母都瘦了很多，一阵心酸，泣不可抑。当时三弟五弟都在家，大姐一家也住在东院，后来五妹和妹婿一家也来了，家里显得很热闹。我们看到垂花门前的野草高与人齐，季淑便令孩子们拔草，整理庭院焕然一新。我的父亲是年七十，步履维艰，每晨自己提篮外出买烧饼油条相当吃力，我便请准由我每日负责准备早餐。当我提了那只篮子去买烧饼的时候，肆人惊问我为何人，因为他们认识那个篮子。也许这两桩事我们做得不对，因为我们忘了《世说新语》赵母嫁女的故事："赵母嫁女，女临去，敕之曰：'慎勿为好！'女曰：'不为好，可为恶邪？'母曰：'好尚不可为，其况恶乎？'"

我们率直而为之，不是有意为好。家里人口众多，遂四处分爨。

父亲关心我的工作，有一天拄着拐杖到我书室，问我翻译莎士比亚进展如何，这使我非常惭愧，因为抗战八年中我只译了一部。父亲说："无论如何，要译完它。"我就是为了他这一句话，下了决心必不负他的期望。想不到的是，于补祝他的七十整寿在承华园举行全家盛筵之后不久，有一晚我们已就寝，他突患冠状脉阻塞症，急救无效，竟于翌日晚间溘然长逝！我从四川归来，相聚才只一个月，即遭此大故！装殓时季淑出力最多，随后丧葬之事，她不作主张，只知尽力。

另一不幸事故，季淑的弟弟道良在东北军事倥偬之际受任辽宁大石桥车站站长，因坚守岗位不肯逃避以致殉职，遗下孤儿寡妇，惨绝人寰。灵柩运回北平，我陪季淑到东便门车站迎接，送往绩溪义园厝葬，我顺便向我的岳母的坟墓敬礼，凄怆之至。

这时候通货膨胀，生活困苦，我除在师大授课之外利用寒假远到沈阳去兼课。季淑善于理家，在短绌的情形之下仍能稍有赢余。她的理论是：储蓄之法不是在开销之外把余羡收存起来，而是预先扣除应储之数然后再作支出。我们不时地到东单或东四的菜市，遇有鱼鲜辄购一尾，由季淑精心烹制献给母亲佐餐，因为这是我母亲喜食之物。我曾劝她买鱼两尾，一半自己享用，因为我知道她亦正有同嗜，而她坚持不可。她说："我们的享受，当俟来日。"她有一次在摊上看到煮熟的大块瘦肉，价格极廉，便买一小块携回，食之而甘，事后才知道那是驴肉或骡肉。我们日常用的水果是萝卜与柿子，孩子们时常望而生畏。

困苦中也要作乐。我们一家陪同赵清阁游景山，在亭子里闲坐啜茗，事后我写了一首五律送她。又有一次我们一家和孙小孟一家游颐和园，爬上众香国，几个大人都气力不济，孩子们争先恐后地跑上了排云殿，我笑谓季淑曰："你还有上鬼见愁的勇气没有？"又指着玉泉山上的玉峰塔说："你还记得那个地方吗？"她笑而不答。风景依然，而心情不同了。到了冬天，孩子们去北海滑冰，我们便没有去观赏的兴致，想不到故都名胜，我们就这样地长久暌别，而季淑下世，重温旧梦亦永不可得！

十三

一九四八年冬，北平风声日紧。有一天何思源来看我，我问他有何观感，他说："毫无办法。"一个有办法的人都说没有办法。不数日炸弹丢在锡拉胡同他的住宅，炸死了他的一个女儿。学校的同事们有人得风声之先，只身前往门头沟，大多数人皇皇然。这时候我的朋友陈可忠任广州中山大学校长，约我去教书，我便于十二月十三日带着孩子先行赴津洽购船票南下。季淑因为代我三妹出售房产手续未毕，约好翌日赴津相会。那时候卖房极为费事，房客刁钻，勒索搬家费高至房款三分之一，而且需以黄金支付，否则拒不搬出，及交付黄金，则对于黄金成色又多方挑剔。季淑奔走折冲，心力俱瘁。翌日手续办好，而平津交通中断。我在天津车站空接一场，急通电话到家，季淑毅然决然告我："急速南下，不要管我。"我遂于十二月十六日登上"湖北轮"凄然离津，途经塘沽遭岸上士兵枪射，蜷卧统舱凡十四日始达香港。自我走后，季淑与文茜夫妇同居数日，但她立刻展开活动，决计觅求职业自力谋生，她说："沮丧没有用，要面对现实积极地活下去。"她首先去访问她的朋友范雪茵（黄国璋夫人），他们很热心，在她困难的时候伸出了援手。他们立刻把消息传到师大，校长袁敦礼先生及其他同事们都表示同情，答应设法给她觅取一份工作。三数日内消息传来，说政府派有两架飞机北来迎取一些学界人士南下，其实城外机场已陷，城内炮声隆隆，临时在城内东长安街建造机场。季淑接到紧急电话通告，谓名单中有我的名字，她可以占用我的座位，须立即到北京饭店报到，一小时内起飞云云。她没有准备，仓促中提起一个小包袱衣物就上了飞机，出乎意料的，机上的人很少，空位很多。绝大多数的学界人昧于当前的局势，以及政局变化不会影响到教育，并且抗战八年的流离之苦谁也不想重演，所以有此种现象。有少数与学界无关的人却因人事关系混上了飞机。在南京主持派机的人是陈雪屏先生，他到机场亲自照料，凡无处可投的人被安置在一个女子学校礼堂里，季淑当晚就在那空洞洞的大房里睡了一宿。第二天她得到编译馆的王向辰先生的照料，在姚舞雁女士的床上又睡了一晚，第三天向辰送她上了火车赴沪。我的三妹四弟都在上海，她先投奔厚德福饭店，由饭店介绍一家旅馆住下，随后她就搬到三妹家，立即买船票赴港。我在海洋漂泊的时候她早已抵沪，而我不知道。我于十二月三十一日到香港，翌日元旦遄赴广州，正在石碑校区彷徨问路，突遇旧日北碚熟人谓我有信件存在收发室。取阅则赫然季淑由沪寄来之航信，我大喜过望，按照信中指示前往黄埔，登船阒无一人，原来船提前到达，我迟了一步，她已搭小轮驶广州。我俟回到广州，季淑也很快地找到了我的住处——文明路的平山堂。我以为我们此后难以再见，居然又庆团圆！

在广州这半年，我们开始有身世飘零之感。平山堂是怎样的一个地方，我曾有一小文《平山堂记》纯是纪实。我们住在这里，季淑要上街买菜，室中生火，提水上楼，楼下洗浣，常常累得红头涨脸。看见从东北来的师生露宿的情形，她又着实不忍，再看到山东来的学生数百人在操场上生火煮稀饭，她便拿出十元港币命孩子给送了过去。我们在穷困中兴复不浅，曾到六榕寺去玩，对于苏东坡题壁，和六祖慧能的塑像印象甚深，但是那座花塔颜色俗丽而游人如织，则我们只好远远地避开。海角红楼也去饮茶过一次。住处实在没有设备，同人康清桂先生为我们订制了一张小木桌。一切简陋，而我们还请梅贻琦、陈雪屏先生来吃过一顿便饭，季淑以她的拿手馅饼飨客，时昭瀛送来一瓶白兰地，梅先生独饮半瓶而玉山颓矣。

广州中山大学外文系主任林文铮先生，好佛，他的单人宿舍是一间卧室一间佛堂，常于晚间做法会，室为之满。林先生和我一见如故，谓有夙缘，从此我得有机会观经看教，但是后来要为我“开顶”，则敬谢不敏。季淑也在此时开始对佛教发生兴趣，她只求摄心，并不佞佛。林先生深于密宗，我贪禅悦，季淑则近净土。这时候法舫和尚在广州，有一天有朋友引他来看我，他是太虚的弟子，我游缙云山时他正是缙云寺的知客，曾有过一面之缘，他居然还没忘记。他送来一部他所著的《金刚经讲话，附心经讲话》，颇有深入浅出之妙，季淑捧读多遍，若有所契，后来持诵《心经》成为她的日课。人到颠沛流离的时候，很容易沉思冥想，披开尘劳世网而触及此一大事因缘。因为季淑于佛教中得到一些精神上的寄托，无形中也影响到我，我于观经之余常有疑义和她互相剖析商讨，惜无金篦刮膜，我们终未能深入。我写有《了生死》一篇小文，便是我们的一点共同的肤浅之见，有些眼界高的人讥我谓为小乘之见，然哉，然哉！

我们每到一地，季淑对于当地的花木辄甚关心。平山堂附近的大礼堂后身有木棉十数本，高可七八丈，红花盛开，遥望如霞如锦，蔚为壮观。花败落地，訇然有声，据云落头上可以伤人。她从地上拾起一朵，瓣厚数分，蕊如编缮，赏玩久之。

此时军事情势逆转，长江天堑而竟一苇可渡！广州震动，人心皇皇，我们几个朋友经常商讨何去何从。有一位朋友说他在四川万县有房有地，吃着无虞，欢迎我们一家前去同住。有一位朋友说他决计远走高飞到甘肃兰州，以为那是边陲，世外桃源。有一位朋友忽然闷声不响，原来他是打算去香港暂时观望徐图靠拢。这时候教育部长杭立武先生，次长吴俊升、翟桓先生，他们就在中大的大礼堂楼上办公，通知我教育部要在台湾台北设法恢复国立编译馆的机构，其现实的目的是暂时收罗一些逃亡的学界人士。我接受了这个邀请，由台湾的教育厅长陈雪屏先生为我办了入境证，便于一九四九年六月底搭乘华联轮，直驶台湾，季淑晕船，一路很苦。

十四

台湾"二二八"的影子还有时在心中呈现。我临行前写信给我的朋友徐宗涑先生："请为我预订旅舍，否则只好在尊寓屋檐下暂避风雨。"他派人把我们从基隆接到台北他家里歇宿了三天，承他的夫人史永贞大夫盛情款待，季淑与我终身感激。第四天搬进德惠街一号，那是林挺生先生的一栋日式房屋，承他的厚谊使我们有了栖身之处，而且一住就是三年，这一份隆情我们只好永铭心版了。季淑曾对我说："朋友们的恩惠在我们的心上是永不泯灭的，以后纵然有机会能够报答一二，也不能磨灭我们心上的刻痕。"她说得对。

德惠街当时是相当荒僻的地方，街中心是一条死水沟，野草高与人齐，偶有汽车经过，尘土飞扬人室扑面。在榻榻米上睡觉是我们的破题儿第一遭，躺下去之后觉得天花板好高好高，季淑起身时特别感觉吃力。过了两三个月，我买来三张木床，一个圆桌，八个圆凳，前此屋内只有季淑买来的一个藤桌四把藤椅。这是我们的全部家具，一直用了二十多年直到离开台湾始行舍去。有一天齐如山老先生来看我，进门一眼看到室内有床，惊呼曰："吓！混上床了！"这个"混"字（去声）来得妙，混是混事之谓，北方土语谓在社会上闯荡赚钱谋生为"混"。有季淑陪我，我当然能混得下去！徐太太送给我们一块木板一根擀面杖和几个瓶子，我们便请了宗涑和他的夫人来吃饺子，我擀皮，季淑包，虽然不成敬意，大家都很高兴。

附近有一家冰果店，店名曰“春风”，我们有时踱到那里吃点东西，季淑总是买冰棒一根，取其价廉。我们每去一次，我名之为“春风一度”。

有人送一只特大的来亨鸡，性极凶猛，赤冠金距，遍体洁白，我们名之为“大公”。怕它寂寞，季淑给它买来一只黑毛大母鸡，名之为“缩脖坛子”，为大公所不喜，后又买来一只小巧的黄花杂毛母鸡，深得大公欢心，我们名之为“小花”。小花生蛋，大公亦有时代孵。大公得食，留给小花，没有缩脖坛子的份儿，卵多被大公踏破，季淑乃取卵纳入纸匣，装以灯泡，不数日而壳破雏出，有时壳坚不得出，她就小心地代为剖剥，黄茸茸的小雏鸡托在掌上，讨人喜欢。雏鸡长大者不过三数只，混种特别矫健，兼有大公之白与小花之俏，我们分别名之为老大老二老三。饲鸡是一件趣事，最受欢迎的是沙丁鱼汁拌饭，再不就是残肴剩菜拌饭，而炸酱面尤妙，会像“长虫吃扁担”似的一根根地直吞下去，季淑顾而乐之。养鸡约有两年，后因迁居不便携带乃分送友朋，大公抑郁病死，小花被贼偷走不知所终。

我们本来不拟雇用女仆，季淑愿意操劳家事，她说她亲手制作饭食给我和孩子享用，是她的一大快乐，而且劳动筋骨对她自己也有益处。编译馆事务方面的人坚持要送一位女仆来理炊事，固辞不获，于是我们家里就添了一位年方十九籍隶新竹的丫小姐，是一位天真未凿的乡下姑娘。本地的风俗是乡下人家常把他们的女儿送到城里来做事，并不一定是为糊口，常是为了想在一个良好家庭中学习一些礼仪知识以为异日主持家务之准备。季淑对于佣工，从来没有过摩擦，凡是到我家里来工作的人都是善来善去。这位丫小姐年纪轻轻，而且我们也努力了解本地的风俗习惯，待之以礼，所以和我们相处很好。不知怎的，她一天天地消瘦下来，不思饮食，继而不时地长吁短叹，终乃天天以泪洗面。季淑不能不问，她初不肯言，终于廉得其情，其中一部分仍是谎饰，但是我们大体明了她的艰难处境。她急需要钱。季淑基于同情，把她手中剩存美金三十元全部送给了她，解救她的困厄。于羞惭称谢声中，她离我们而去。

编译馆原是由杭立武部长自兼馆长，馆址由洛阳街迁到浦城街，人员增多，业务渐繁，杭先生不暇兼顾，要我代理，于是馆长一职我代理了九个多月。文书鞅掌，非我素习，而人事应付尤为困扰。接事之后，大大小小的机关首长纷纷折简邀宴，饮食征逐，虚糜公帑。有一次在宴会里，一位多年老友拍肩笑着说道：“你现在是杭立武的人了！”我生平独来独往不向任何人低头，所以牺牺惶惶一至于斯，如今无端受人讥评，真乃奇耻大辱。归而向季淑怨诉，她很了解我，她说：“你忘记在四川时你的一位朋友蒋子奇给你相面，说你‘一身傲骨，断难仕进’？”她劝我赶快辞职。她想起她祖父的经验，为宦而廉介自持则两袖清风，为宦而贪赃枉法则所不屑为，而且仕途险恶，不如早退。她对我说：“假设有一天，朋比为奸坐地分赃的机会到了，你大概可以分到大股，你接受不？受则不但自己良心所不许，而且授人以柄，以后永远被制于人。不受则同僚猜忌，唯恐被你检举，因不敢放手胡为而心生怨望，必将从此千方百计陷你于不义而后快。”她这一番话坚定了我求去的心。此时政府改组，杭先生去职，我正好让贤，于是从此脱离了编译馆，专任师大教职。我任事之初，从不往来的人也登门存问，而且其尊夫人也来和季淑周旋，我卸职之后则门可罗雀，其怪遂绝。芝麻大的职位也能反映出一点点的人性。

因为台大聘我去任教并且拨了一栋相当宽敞的宿舍给我，师大要挽留我也拨出一栋宿舍给我，我听从季淑的主张决定留在师大，于是在一九五二年夏搬进了云和街十一号。这也是日式房屋，不过榻榻米改换为地板，有几块地方走上去像是踏在地毯上一般软乎乎的。房子油刷一新，碧绿的两扇大门还相当耀眼，一位早已分配到宿舍而尚无这样大门的朋友顾而叹曰：“是乃豪门！”地皮不大方正，前面宽，后面窄，在堪舆家看来是犯大忌的，我们不相信这一套。前院有一棵半枯的松树，一棵头重脚轻的曼陀罗（俗名鸡蛋花），还有一棵很大很大的面包树。这一棵面包树遮盖了大半个院子，叶如巨灵之掌，可当一把蒲扇用，果实烂熟坠地，据云可磨粉做成面包。季淑喜欢这棵树，喜欢它的硕大茂盛。后院里我们种了一棵黄莺，一棵九重葛，都很快地长大，为了响应当时的号召，还在后院建设了一个简陋的防空洞，其作用是积存雨水繁殖蚊虫。

面包树的荫凉，在夏天给我们招来了好几位朋友。孟瑶住在我们街口的一个“危楼”里，陈之藩、王节如也住在不远的地方，走过来不需要五分钟，每当晚饭后薄暮时分这三位是我们的常客。我们没有椅子可以让客人坐，只能搬出洗衣服时用的小竹凳子和我们饭桌旁的三条腿的小圆木凳，比“班荆道故”的情形略胜一筹。来客在树下怡然就座，不嫌简慢。我们海阔天空，无所不谈。我记得孟瑶讲起她票戏的经验眉飞色舞，节如对于北平的掌故比我知道的还多，之藩说起他小时候写春联的故事最是精彩动人。三位都是戏迷，逼我和季淑到永乐戏院去听戏，之后谈起顾正秋女士谈三天也谈不完。季淑每晚给我们张罗饮料，通常是香片茶，永远是又酽又烫。有时候是冷饮，如果是酸梅汤，就会勾起节如对于北平信远斋的回忆，季淑北平住家就在信远斋附近，她便补充一些有关这一家名店的故事。坐久了，季淑捧出一盘盘的糯米藕，有关糯米藕的故事我可以讲一小时，之藩听到皱眉叹气不已，季淑指着我说：“为了这几片藕，几乎把他馋死！”有时候她以冰凉的李子汤给我们解渴，抱憾地说：“可惜这里没有老虎眼大酸枣，否则还要可口些。”到了夜深往往大家不肯散，她就为我们准备消夜，有时候是新出屉的大馒头，佐以残羹剩肴。之藩怕鬼，所以临去之前我一定要讲鬼故事，不待讲完他就堵起耳朵。他不一定是真怕鬼，可能是故作怕鬼状，以便引我说鬼，我知道他不怕鬼，他也知道我知道他不怕鬼，彼此心照不宣，每晚闲聊常以鬼故事终场。事后季淑总是怪我：“人家怕鬼，你为什么总是说鬼？”

季淑怕狗，比我还要怕。狗没有咬过她，可是她听说有人被疯狗咬过死时的惨状，她就不寒而栗。她出去买菜，若是遇见有狗在巷口徘徊，她就多走一段路绕道而行，有时绕几段路还是有狗，她就索性提着篮子回家，明天再买。有一次在店铺购物，从柜台后面走出一条小狗，她大惊失色，店主人说：“怕什么，它还没有生牙呢。”因为狗的缘故，她就很少时候独去买菜，总是由女工陪着她去。“狗是人类最好的朋友”，可是说来惭愧，我们根本不想和狗攀交。

我们的女工都是在婚嫁的时候才离开我们。其中有一位C小姐，在婚期之前季淑就给她张罗购买了一份日用品，包括梳洗和厨房用具，等到吉日便由我家出发，爆竹声中登上彩车而去，门口挤满了看热闹的人，有一位邻人还笑嘻嘻地对季淑说：“恭喜，恭喜，令嫒今天打扮得好漂亮！”事后季淑还应邀到她的新房去探视过一次，回来告诉我说，她生活清苦，斗室一间，只有一个二尺见方的木板窗。

季淑酷嗜山水，虽然步履不健，尚余勇可嘉。几次约集朋友们远足，她都兴致勃勃，八卦山、观音山、金瓜石、狮头山等处都有我们的游踪。看到树木、山石、海水，她都欢喜赞叹，不过因为心脏软弱，已不善登陟。在这个时候，我发现我染有糖尿症，她则为风湿关节炎所苦，老态渐臻，无可如何。

云和街的房子有一重大缺点，地板底下每雨则经常积水，无法清除，所以总觉得室内潮气袭人，秋后尤甚，季淑称之为水牢。这对于她的风湿当然不利。一九五八年夏，文蔷赴美游学，家里顿形凄凉，我们有意改换环境。适有朋友进言，居住公家的日式房屋既不称意，何不买地自建房屋？我们心动。于是季淑天天奔走，到处看房看地，我们终于决定买下了安东街三零九巷的一块地皮。于一九五九年一月迁入新居。

十五

我岂不知“求田问舍，怕应羞见，刘郎才气”？只因季淑病躯需要调养，故乃罄其所有，营此小筑。地皮不大，仅一百三十余坪。倩同学友人陆云龙先生鸠工兴建，图样是我们自己打的。我们打图的计划是，房求其小，院求其大。因为两个人不需要大房，而季淑要种花木，故院需宽敞。室内设计则务求适合我们的需要，她不喜欢我独自幽闭在一间书斋之内，她不愿扰我工作，但亦不愿与我终日隔离，她要随时能看见我。于是我们有一奇怪的设计，一连三间房，一间寝室，一间书房，中间一间起居室，拉门两套虽设而常开。我在书房工作，抬头即可看见季淑在起居室内闲坐，有时我晚间工作亦可看见她在床上躺着。这一设计满足了我们的相互的愿望。季淑坐在中间的起居室，我曾笑她像是蜘蛛网上的一只雌蜘蛛，盘踞网的中央，窥察四方的一切动静，照顾全家所有的需要，不愧为名副其实的一家之主。

不出半年，新屋落成。金圣叹“三十三不亦快哉”，其中之一是：

“本不欲造屋，偶得闲钱，试造一屋，自此日为始，需木，需石，需瓦，需砖，需灰，需钉，无晨无夕，不来聒于两耳，乃至罗雀掘鼠，无非为屋校计，而又都不得屋住，既已安之如命矣。忽然一日屋竟落成，刷墙扫地，糊窗挂画；一切匠作出门毕去，同人乃来分榻列坐，不亦快哉！”我们之快哉则有甚于此者。一切委托工程师，无应付工人之烦，一切早有预算，无临时罗掘之必要。唯一遗憾是房屋造得太结实，比主人的身体要结实得多，十三年来没漏过雨水，地板没塌陷过一块，后来拆除的时候很费手脚。落成之后，好心的朋友代我们做了庭园的布置，草皮花木应有尽有。季淑携来一粒面包树的种子，栽在前院角上，居然茁长甚速，虽经台风几番摧毁，由于照管得法，长成大树，因为是她所手植，我特别喜欢它。

云和街的房子空出来之后，候补迁入的人很多，季淑坚决主张不可私相授受，历年修缮增建所耗亦无须计较索偿，所以我无任何条件于搬出之日将钥匙送归学校，手续清楚。季淑则着手打扫清洁，不使继居者感到不便。我们临去时对那棵大面包树频频回顾，不胜依依。后来路经附近一带，我们也常特为绕道来此看看这棵树的雄姿是否无恙。

住到新房里不久，季淑患匐行疹（俗名转腰龙），腰上生一连串的小疱，是神经末梢的发炎，原因不明，不外是过滤性病毒所致，西医没有方法治疗，只能镇定剧痛的感觉。除了照料她的饮食之外，我爱莫能助。有一位朋友来探病，把我拉到一边告诉我说："此病不可轻视，等到腰上的一条龙合围一周，人就不行了。"又有一位朋友笑嘻嘻地四下打量着说："有这样的房子住，就是生病也是幸福。"这病拖延十日左右，最后有朋友介绍南昌街一位中医华佗氏，用他密制的药粉和以捣碎的瓮菜泥敷在患处，果然见效，一天天地好起来了。介绍华佗氏的这位朋友也为我的糖尿症推荐一个偏方：用玉蜀黍的须子熬水大量饮用。我试了好多天，无法证明其为有效。

说起糖尿症，我连累季淑不少。饮食无度，运动太少，为致病之由。她引咎自责，认为她所调配的食物不当，于是她就悉心改变我的饮食，其实医云这是老年性的糖尿症，并不严重。文蔷寄来一册《糖尿症手册》，深入浅出，十分有用，我细看不止一遍，还借给别人参阅。糖是不给我吃了，碳水化合物也减少到最低限度，本来炸酱面至少要吃两大碗，如今改为一大碗，而其中三分之二是黄瓜丝绿豆芽，面条只有十根八根埋在下面。一顿饭以两片面包为限，要我大量地吃黄瓜拌粉。动物性脂肪几乎绝迹，改用红花子油。她常感慨地说："有一些所谓'职业妇女'者，常讥笑家庭主妇的职业是在厨房里，其实我在厨房里的工作也还没有做好。”事实上，她做得太好了。自来台以后，我不太喜欢酒食应酬，有时避免开罪于人非敬陪末座不可，季淑就为我特制三文治一个，放在衣袋里，等别人“式燕以敖”的时候我就取出三文治，道一声“告罪”，徐徐啮而食之。这虽令人败兴，但久之朋友们也就很少约我赴宴。在这样的饮食控制之下我的糖尿症没有恶化，直到如今我遵照季淑给我配制的食谱，维持我的体重。

我们不喜欢赌，赌具却有一副，那是我在北平买的一副旧的麻将牌。季淑家居烦闷，三五友好就常聚在一起消磨时间，赌注小到不能再小，八圈散场，卫生之至。夫妻同时上桌乃赌家大忌，所以我只扮演“牌童”一旁伺候，时而茶水，时而点心，忙得团团转。赌，不开始则已，一开始赌注必定越来越大，圈数必定越来越多，牌友必定越来越杂。同时这种游戏对于关节炎患者并不适宜。有一天季淑突然对我宣告：“我从今天戒赌。”真的，从那一天起，真个不再打牌，以后连赌具也送人了，一张特制的桌面可以折角的牌桌也送人了，关于麻将之事从此提都不提，我说不妨偶一为之，她也不肯。

对于花木，她的兴复不浅。后院墙角搭起一个八尺见方的竹棚（警察认为是违章建筑，但结果未被拆除），里面养了几十盆洋兰和素心兰。她最爱的是素心兰，严格讲应该是蕙，姿态可以入画，一缕幽香不时地袭人，花开时搬到室内，满室郁然。友人从山中送来一株灵芝，插入盆内，成为高雅的清供。竹棚上的玻璃被邻街的恶童一块块地击毁，不复能蔽风雨，她索性把兰花一盆盆地吊在前院一棵巨大的夹竹桃下，勉强有点阴凉，只是遇到连绵的雨水或酷寒的天气便需一盆盆地搬进室内，有时半夜起来抢救，实在辛劳。玫瑰也是她所欣喜的，我们也有一些友人赠送的比较贵重的品种，遇有大风雨，她便用塑料袋把花苞一个个地包起来，使不受损，终以阳光太烈土壤不肥，虽施专门的花肥，仍不能培护得宜。她常说："我们的兰花，不能和胡伟克先生家的相比，我们的玫瑰，不能和张棋林先生的相比，但是我亲手培养的就格外亲切可爱。"可惜她力不从心，不大能弯腰，亦不便蹲下，园艺之事不能尽兴。院里有含笑一株，英文叫 banana shrub，因花香略带甜味近似香蕉，是我国南方有名的花木。有一天，师大送公教配给的工友来了，他在门外就闻到了含笑的香气，他乞求她摘下几朵，问他作何用途，他惨然说："我的母亲最爱此花，最近逝世了，我想讨几朵献在她的灵前。"季淑大受感动，为之涕下，以后他每次来，不等他开口，只要枝上有花，必定摘下一盘给他。

季淑爱花草，不分贵贱，一视同仁。有一次在阳明山上的石隙中间看见一株小草，叶子像是竹叶，但不是竹，葱绿而挺俏，她试一抽取，连根拔出，遂小心翼翼地裹以手帕带回家里，栽在盆中灌水施肥，居然成一盆景。我做出要给她拔掉之状，她就大叫。

房檐下遮窗的雨棚，有几个铁钩子，是工程师好意安装的，季淑说：“这是天造地设，应该挂几个鸟笼。”于是我们买了三四个鸟笼，先是养起两只金丝雀。喂小米，喂菜心，喂红萝卜，鸟儿就是不大肯唱。后来请教高人，才知道一雌一雄不该放在一起，要隔离之后雄的才肯引吭高歌（不独鸟类如此，人亦何尝不然？能接吻的嘴是不想歌唱的）。我们试验之后，果然，但是总觉得这样摆布未免残忍。后来又养一种小鹦鹉，又名爱鸟，宽大的喙，整天咕咕地亲嘴。听说这种鹦鹉容易传染一种热病。我们开笼放生，不久又都飞回来，因为笼里有食物，宁可回到笼里来。之后，又养了一只画眉，这是一种雄壮的野鸟，怕光怕人，需要被人提着笼摇摇晃晃地早晨出去溜达。叫的声音可真好听，高亢而清脆，声达一二十丈以外。我们没有工夫遛它，有一天它以头撞笼流血而死。从此我们也就不再养鸟。在大自然的环境中，每见小鸟在枝头跳跃，季淑就驻足而观，喜不自禁。她喜爱鸟轻盈的体态。

一九六〇年七月，我参加“中美文化关系讨论会”赴美国西雅图，顺便到伊利诺州看看新婚后的文蔷，这是我来台后第一次和季淑作短期的别离，约二十日。我的心情就和三十多年前在美国做学生的时代一样，总是记挂着她。事毕我匆匆回来，她盛装到机场接我，“铅华不可弃，莫是藁砧归？”她穿的是自己缝制的一件西装，鞋子也是新的。她已许久不穿旗袍，因为腰窄领硬很不舒服，西装比较洒脱，领胸可以开得低低的。她算计着我的归期，花两天的时间就缝好了一件新衣，花样式样我认为都无懈可击。我在汽车里就告诉她："我喜欢你的装束。"小别重逢，"其新孔嘉，其旧如之何？"

一九六三年十二月十八日，有独行盗侵入寒家，持枪勒索。时季淑正在厨房预备午膳。文蔷甫自美国返来省亲，季淑特赴市场购得黄鳝数尾，拟做生炒鳝丝，方下油锅翻炒，闻警急奔入室，见盗正在以枪对我作欲射状。她从容不迫，告之曰："你有何要求，尽管直说，我们会答应你的。"盗色稍霁。这时候门铃声大作，盗惶恐以为缇骑到门，扬言杀人同归于尽。季淑徐谓之曰："你们二位坐下谈谈，我去应门，无论是谁吾不准其入门。"盗果就座，取钱之后犹嫌不足，夺我手表，复迫季淑交出首饰，她有首饰盒二，其一尽系廉价赝品，立取以应，盗匆匆抓取一把珠项链等物而去。当天夜晚，盗即就逮，于一月二日伏法。此次事件端赖季淑临危不乱，镇定应付，使我得以幸免于祸灾。未定谳前，季淑复力求警宪从轻发落，声泪俱下。碍于国法，终处极刑，我们为之痛心者累日。季淑镇定的性格，得自母氏，我的岳母之沉着稳重有非常人所能及者。

那盘生炒鳝丝，我们无心享受。事实上若非文蔷远路归宁，季淑亦绝不烹此异味，因为宰割鳝鱼厥状至惨，她雅不欲亲见杀生以恣口腹之欲。我们两人在外就膳，最喜"素菜之家"，清心寡欲，心安理得，她常说："自奉欲俭，待人不可不丰。”我有时邀约友好到家小聚，季淑总是欣然筹划，亲自下厨，她说她喜欢为人服务，最熟的三五朋友偶然来家午膳，季淑常以馅饼飨客，包制馅饼之法她得到母亲的真传，皮薄而匀，不干不破，客人无不击赏，他们因自号为“馅饼小姐”。有一回一位朋友食季淑亲制之葱油饼，松软而酥脆，不禁跷起拇指，赞曰：“江南第一！”

季淑以主持中馈为荣，我亦以陪她商略膳食为乐。买菜之事很少委之用人，尤其是我退休以后空闲较多，她每隔两日提篮上市，我必与俱。她提竹篮，我携皮包，缓步而行，绕市一匝，满载而归。市廛摊贩几乎无人不识这一对皤皤老者，因为我们举目四望很难发现再有这样一对。回到家里，倾筐倒箧，堆满桌上，然后我们就对面而坐，剥豌豆，掐豆芽，劈菜心，……差不多一小时，一面手不停挥，一面闲话家常。随后我就去做我的工作，等到一声“吃饭”我便坐享其成。十二时午饭，六时晚饭，准时用餐，往往是分秒不爽，多少年来总是如此。

帮我们做工的 W 小姐，做了五年之后于归，我们舍不得她去，季淑为她置备一些用品，又送她一架缝纫机，由我们家里登上彩车而去，以后她还常来探视我们。

我的生日在腊八那一天，所以不容易忘过。天还未明，我的耳边就有她的声音：“腊七腊八儿，冻死寒鸦儿，我的寒鸦儿冻死了没有？”我要她多睡一会儿，她不肯，匆匆爬起来就往厨房跑，去熬一大锅腊八粥。等我起身，热乎乎的一碗粥已经端到我的跟前。这一锅粥，她事前要准备好几天，跑几趟街才能勉强办齐基本的几样粥果，核桃要剥皮，瓜子也要去皮，红枣要刷洗，白果要去壳——好费手脚。我劝她免去这个旧俗，她说："不，一年只此一遭，我要给你做。"她年年不忘，直到来了美国最后两年，格于环境，她才抱憾地罢手。头一年腊八，她在我的纪念册上画了一幅兰花，第二年腊八，将近甲寅，她为我写了一个"一笔虎"，缀以这样的几个字：

华：

明年是你的本命年，我写一笔虎，祝你寿绵绵，我不要你风生虎啸，我愿你老来无事饱加餐。

季淑

"无事""加餐"，谈何容易！我但愿能不辜负她的愿望。

有一天我们闲步，巷口邻家的一个小女孩立在门口，用她的小指头指着季淑说："你老啦，你的头发都白啦。"童言无忌，相与一笑。回家之后季淑就说："我想去染头发。"我说："千万不要。我爱你的本色。头白不白，没有关系，不过我们是已经到了偕老的阶段。"从这天起，我开始考虑退休的问题，我需要更多的时间享受我的家庭生活，也需要更多的时间译完我久已应该完成的《莎士比亚全集》，在季淑充分谅解与支持之下，我于一九六六年夏奉准退休，结束了我在教育界四十年的服务。

八月十四日师大英语系及英语研究所同人邀宴我们夫妇于欣欣餐厅，出席者六十人，我们很兴奋也很感慨。我们于二十四日设宴于北投金门饭店答谢同人，并游野柳。退休之后，我们无忧无虑到处闲游了几天。最近的地方是阳明山，我们寻幽探胜专找那些没有游人肯去的地方。我有午睡习惯，饭后至旅舍辟室休息，携手走出的时候旅舍主人往往投以奇异的眼光，好像是不大明白这样一对老人到这里来是搞什么勾当。有一天季淑说："青草湖好不好？"我说："管它好不好！去！"一所破庙，一塘泥水，但是也有一点野趣，我们的兴致很高。更有时季淑备了卤菜，我们到荣星花园去野餐，也能度过一个愉快的半天。

我没有忘记翻译莎氏戏剧，我伏在案头辄不知时刻，季淑不时地喊我："起来！起来！陪我到院里走走。"她是要我休息，于是相偕出门赏玩她手栽的一草一木。我翻译莎氏，没有什么报酬可言，穷年累月，兀兀不休，其间也很少得到鼓励，漫漫长途中陪伴我体贴我的只有季淑一人。最后三十七种剧本译完，由远东图书公司出版，一九六七年八月六日承朋友们的厚爱，以"中国文艺协会""中国青年写作协会""台湾省妇女写作协会""中国语文学会"的名义发起在台北举行庆祝会，到会者约三百人，主其事者是刘白如、赵友培、王蓝等几位先生。有两位女士代表献花给我们夫妇，我对季淑说："好像我们又在结婚似的。"是日《中华日报》有一段报道，说我是“三喜临门”：“一喜，三十七本莎翁戏剧出版了，这是台湾省的第一部由一个人译成的全集；二喜，梁实秋和他的老伴结婚四十周年；三喜，他的爱女梁文蔷带着丈夫邱士耀和两个宝宝由美国回来看公公。”三喜临门固然使我高兴，最能使我感动的另有两件事：一是谢冰莹先生在庆祝会中致词，大声疾呼：“莎氏全集的翻译之完成，应该一半归功于梁夫人！”一是《世界画刊》的社长张自英先生在我书房壁上看见季淑的照片，便要求取去制版刊在他的第三百二十三期画报上，并加注明：“这是梁夫人程季淑女士——在四十二年前——年轻时的玉照，大家认为梁先生的成就，一半应该归功于他的夫人。”他们二位异口同声说出了一个妻子对于她的丈夫之重要。她容忍我这么多年做这样没有急功近利可图的工作，而且给我制造身心愉快的环境，使我能安心地专于其事。

文蔷、士耀和两个孩子在台住了一年零九个月，给了我们很大的安慰，可是他们终于去了，又使我们惘然。我用了一年的工夫译了莎士比亚的三部诗，全集四十册算是名副其实地完成了，从此与莎士比亚暂时告别。一九六八年春天，我重读近人一篇短篇小说，题名是《迟些聊胜于无》(Better Late Than Never)，描述一个老人退休后领了一笔钱带着他的老妻补做蜜月旅行，甚为动人，我曾把它收入我所编的高中英语教科书，如今想想这也正是我现在应该做的事。我向季淑提议到美国去游历一番，探视文蔷一家，顺便补偿我们当初结婚后没有能享受的蜜月旅行，她起初不肯，我就引述那篇小说里的一句话："什么，一个新娘子拒绝和她的丈夫做蜜月旅行！"她这才没有话说。我们于一九七〇年四月二十一日飞往美国，度我们的蜜月，不是一个月，是约四个月，于八月十九日返回台北，这是我们的一个豪华的、扩大的、迟来的蜜月旅行，途中经过俱见我所写的一个小册《西雅图杂记》。

十六

我们匆匆回到台北，因为帮我们做家务的C小姐即将结婚，她在我们家里工作已经七年，平素忠于职守，约定等我们回来她再成婚，所以我们的蜜月不能耽误人家的好事。季淑从美国给她带来一件大衣，她出嫁时赠送她一架电视机及家中一些旧的家具之类。我们去吃了喜酒，她的父母对我们说了一些话，我一句也听不懂，季淑听懂了其中一部分：都是乡村人所能说出的简单而诚挚的话。我已多年不赴喜宴，最多是观礼申贺，但是这一次是例外，直到筵散才去。我们两年后离开台北，登车而去的时候，她赶来送行，我看见她站在我们家门口落下了泪。

我有凌晨外出散步的习惯，季淑怕我受寒，尤其是隆冬的时候，她给我缝制一条丝绵裤，裤脚处钉一副飘带，绑扎起来密不透风，又轻又暖。像这样的裤子，我想在台湾恐怕

活着
從來
非易
事百
般糾結
到如今
唯向心中
尋清淨
陣風
一脉
老村
造

只此一条。她又给我做了一件丝绵长袍，在冬装中这是最舒适的衣服，第一件穿脏了不便拆洗，她索性再做一件。做丝绵袍不是简单的事，台湾的裁缝匠已经很少人会做。季淑做起来也很费事，买衣料和丝绵，一张一张地翻丝绵，做丝绵套，剪裁衣料，绷线，抹糨糊，撩边，钉纽扣，这一连串工作不用一个月也要用二十天才能竣事，而且家里没有宽大的台面，只能拉开餐桌的桌面凑合着用，佝着腰，再加上她的老花眼，实在是过于辛苦。我说我愿放弃这一奢侈享受，她说："你忘记了？你的狐皮袄我都给你做了，丝绵袍算得了什么？"新做的一件，只在阴历年穿一两天，至今留在身边没舍得穿。

说到阴历年，在台湾可真是热闹，也许是大家心情苦闷怀念旧俗吧，不知为什么有那么多的人竟相拜年。季淑是永远不肯慢待嘉宾的，起先是大清早就备好的莲子汤、茶叶蛋以及糖果之类，后来看到来宾最欣赏的是舶来品，她就索性全以舶来品待客。客人可以成群结队地来，走时往往是单人独个地走，我们双双地恭送到大门口，一天下来筋疲力竭。但是她没有怨言，她感谢客人的光临。我的老家，自一九一二年起，就取消"过年"的一切仪式。到台湾后季淑就说："别的不提，祖先是不能不祭的。"我觉得她说得对。一个人怎能不慎终追远呢？每逢过年，她必定治办酒肴，燃烛焚香，祭奠我的列祖列宗。她因为腿脚关节不灵，跪拜下去就站不起来，我在旁拉扯她一把。我建议给我的岳母也立一个灵位，我愿一同拜祭略尽一点孝意，她说不可，另外焚一些冥镪便是。我陪同她折锡箔，我给她写纸包袱，由她去焚送。她知道这一切都是无裨实际的形式，但是她说："除此以外，我们对于已经弃养的父母还能做些什么呢？"

一般人主持家计，应该是量入为出，季淑说："到了衣食无缺的地步之后，便不该是'量入为出'，应该是'量入为储'，因为你不知道什么时候你将有不时之需。"有人批评我们说："你们府上每月收入多少，与你们的生活水准似乎无关。"是的，季淑根本不热心于提高日常的生活水准。东西不破，不换新的。一根绳，一张纸，不轻抛弃。院里树木砍下的枝叶，晒干了之后留在冬季烧壁炉。鼓励消费之说与分期付款的制度，她是听不入耳的。可是在另一方面，她很豪爽，她常说"贫家富路"，外出旅行的时候绝不吝啬；过年送出去的红包，从不缺少；亲戚子弟读书而膏火不继，朋友出国而资斧不足，她都欣然接济。我告诉她我有一位朋友遭遇不幸急需巨款，她没有犹豫就主张把我们几年的储蓄举以相赠，而且事后她没有向任何人提起。

俗话说：女主内，男主外。我的家则无论内外一向由季淑兼顾。后来我觉察她的体力渐不如往昔的健旺，我便尽力减少在家里宴客的次数，我不要她在厨房里劳累，同时她外出办事我也尽可能地和她偕行。果然，有一天，在南昌街合会她从沙发上起立突然倒在地上，到沈彦大夫诊所查验，血压高至二百四十几千帕，立即在该诊所楼上病房卧下，住了十天才回家。病房的伙食只是大碗面大碗饭，并不考虑病人的需要，我每天上午去看她，送一瓶鲜橘汁，这是多少年来我亲手每天为她预备的早餐的一部分，再送一些她所喜欢的食物，到下午我就回家，这十天我很寂寞，但是她在病房里更惦记我。高血压是要长期服药休养的，我买了一个血压计，我耳聋听不到声音，她自己试量。悉心调养之下她的情况渐趋好转，但是任何激烈的动作均行避免。

自从季淑患高血压，文蔷就企盼我们能到美国去居住，她就近可以照料。一九七二年国际情势急剧变化，她便更为着急。我们终于下了决心，卖掉房子，结束这个经营了多年的破家，迁移到美国去。但是卖房子结束破家，这一连串的行动牵涉很广，要奔走，要费唇舌，要与市侩为伍，要走官厅门路，这一份苦难我们两个互相扶持着承受了下来。于五月二十六日我们到了美国。

十七

美国不是一个适于老年人居住的地方，一棵大树，从土里挖出来，移植到另外一个地方去，都不容易活，何况人？人在本乡本土的文化里根深蒂固，一挖起来总要伤根，到了异乡异地水土不服自是意料中事。季淑肯到美国来，还不是为了我？

西雅图地方好，旧地重游，当然兴奋。季淑看到了她两年前买的一棵山杜鹃已长大了不少，心里很欢喜。有人怨此地气候潮湿，我们从台湾来的人只觉得其空气异常干燥舒适。她来此后风湿性关节炎没有严重地复发过，我们私心窃喜。每逢周末，士耀驾车，全家出外郊游，她的兴致总是很高，咸水公园捞海带，植物园池塘饲鸭，摩基提欧轮渡码头喂海鸥，奥林匹亚啤酒厂参观酿造，斯诺夸密观瀑，义勇军公园温室赏花，布欧尔农庄摘豆，她常常乐而忘疲。从前去过加拿大维多利亚拔卓特花园，那里的球茎秋海棠如云似锦，她常念念不忘。但是她仍不能不怀念安东街寓所她手植的那棵面包树，那棵树依然无恙，我在一九七三年一月十一日（壬子腊八）戏填一首俚词给她看：

恼煞无端天末去。几度风狂，不道岁云暮。莫叹旧居无觅处，犹存墙角面包树。

目断长空迷津渡。泪眼倚楼，楼外青无数。往事如烟如柳絮，相思便是春常驻。

事实上她从来不对任何人有任何怨诉，只是有的时候对我掩不住她的一缕乡愁。

在百无聊赖的时候季淑就织毛线。她的视神经萎缩，不能多阅读，织毛线可以不太耗目力。在织了好多件成品之后她要给我织一件毛衣，我怕她太劳累，宁愿继续穿那一件旧的深红色的毛衣，那也是她给我织的，不过是四十几年前的事了。我开始穿那红毛衣的时候，杨今甫还笑我是“暗藏春色”。如今这红毛衣已经磨得光平，没有一点毛。有一天她得便买了毛线回来，天蓝色的，十分美观，没有用多少工夫就织成了，上身一度，服服帖帖，她说：“我给你织这一件，要你再穿四十年。”

岁月不饶人，我们两个都垂垂老矣，有一天，她抚摩着我的头发，说：“你的头发现在又细又软，你可记得从前有一阵你不愿进理发馆，我给你理发，你的头发又多又粗。硬得像是板刷，一剪子下去，头发渣进得满处都是。”她这几句话引我想起英国诗人朋士（Robert Burns）的一首小诗：

John Anderson My Jo

John Anderson my jo, John,
When we were first acquaint,
Your locks were like the raven,
Your bonny brow was brent;
But now your brow is bald, John,
Your locks are like the snow,
But blessings on your frosty pow,
John Anderson my jo!

John Anderson my jo, John,

We climb the hill together,
And mony a canty day, John,
We've had with one another:
Now we maun totter down, John,
And hand in hand we'll go,
And sleep together at the foot,
John Anderson my jo!

约翰安德森我的心肝
约翰安德森我的心肝，约翰，
想当初我们俩刚刚相识的时候，
你的头发黑得像是乌鸦一般，
你的美丽的前额光光溜溜；
但是如今你的头秃了，约翰，
你的头发白得像雪一般，
但愿上天降福在你的白头上面，
约翰安德森我的心肝！

约翰安德森我的心肝，约翰，
我们俩一同爬上山去，
很多快乐的日子，约翰，
我们是在一起过的；
如今我们必须蹒跚地下来，约翰，

我们要手拉着手地走下山去，
在山脚下长眠在一起，
约翰安德森我的心肝！

我们两个很爱这首诗，因为我们深深理会其中深挚的情感与哀伤的意味。我们就是正在“手拉着手地走下山”。我们在一起低吟这首诗不知有多少遍！

季淑怵上楼梯，但是餐后回到室内须要登楼，她就四肢着地地爬上去。她常穿一件黑毛绒线的上衣，宽宽大大的，毛毛茸茸的，在爬楼的时候我常戏言：“黑熊，爬上去！”她不以为忤，掉转头来对我吼一声，作咬人状。可是进入室内，她就倒在我的怀内，我感觉到她的心脏扑通扑通地跳。

我们不讳言死，相反的，还常谈论到这件事。季淑说：“我们已经偕老，没有遗憾，但愿有一天我们能够口里喊着‘一、二、三’然后一起同时死去。”这是太大的奢望，恐怕总要有一个先后。先死者幸福，后死者苦痛。她说她愿先死，我说我愿先死。可是略加思索，我就改变主张，我说：“那后死者的苦痛还是让我来承当吧！”她谆谆地叮嘱我说，万一她先我而化，我须要怎样地照顾我自己，诸如工作的时间不要太长，补充的药物不要间断，散步必须持之以恒，甜食不可贪恋——没有一项琐节她不曾想到。

我想手拉着手地走下山也许尚有一段路程。申请长久居留的手续已经办了一年多，总有一天会得到结果，我们将双双地回到本国的土地上去走一遭。再过两年多，便是我们结婚五十周年，在可能范围内要庆祝一番，我们私下里不知商量出多少个计划。谁知道这两个期望都落了空！

四月三十日那个不祥的日子！命运突然攫去了她的生命！上午十点半我们手拉着手到附近市场去买一些午餐的食物，市场门前一个梯子忽然倒下，正好击中了她。送医院急救，手术后未能醒来，遂与世长辞。在进入手术室之前的最后一刻，她重复地对我说："华，你不要着急！华，你不要着急！"这是她最后对我说的一句话，她直到最后还是不放心我，她没有顾虑到她自己的安危，到了手术室门口，医师要我告诉她，请她不要紧张，最好是笑一下，医师也就可以轻松地执行他的手术。她真的笑了，这是我在她生时最后看到的她的笑容！她在极痛苦的时候，还是应人之请做出了一个笑容！她一生茹苦含辛，不愿使任何别人难过。

我说这是命运，因为我想不出别的任何理由可以解释。我问天，天不语。哈代（Thomas Hardy）有一首诗《二者的辐合》（The Convergence of the Twain），写一九一二年四月十五日豪华邮轮"铁达尼号"在大西洋上做处女航，和一座海上漂流的大冰山相撞，死亡在一千五百人以上。在时间上、空间上配合得那样巧，以至造成那样的大悲剧。季淑遭遇的意外，亦正与此仿佛，不是命运是什么？人世间时常没有公道，没有报应，只是命运，盲目的命运！我像一棵树，突然一声霹雳，电火殛毁了半劈的树干，还剩下半株，有枝有叶，还活着，但是生意尽矣。两个人手拉着手地走下山，一个突然倒下去，另一个只好踉踉跄跄地独自继续他的旅程！

本文曾引录潘岳的悼亡诗，其中有一句："上惭东门吴"。东门吴是人名，复姓东门，春秋魏人。《列子·力命》："魏人有东门吴者，其子死而不忧，其相室曰：'公之爱子，天下无有，今子死，不忧何也？'东门吴曰：'吾常无子，无子之时不忧；今子死，乃与向无子同，臣奚忧焉？'"这个说法是很勉强的。我现在茕然一鳏，其心情并不同于当初独身未娶时。多少朋友力我节哀顺变，变故之来，无可奈何，只能顺承，而哀从中来，如何能节？我希望人死之后尚有鬼魂，夜眠闻声惊醒，以为亡魂归来，而竟无灵异。白昼萦想，不能去怀，希望梦寐之中或可相觏，而竟不来人梦！环顾室中，其物犹故，其人不存。元微之悼亡诗有句："唯将终夜常开眼，报答平生未展眉！"我固不仅是终夜常开眼也。

季淑逝后之翌日，得此间移民局通知前去检验体格然后领取证书。又逾数十日得大陆子女消息。我只能到她的坟墓去涕泣以告。六月三日师大英语系同人在台北善导寺设奠追悼，吊者二百余人，我不能亲去一恸，乃请陈秀英女士代我答礼，又信笔写一对联寄去，文曰："形影不离，五十年来成梦幻；音容宛在，八千里外吊亡魂。"是日我亦持诵《金刚经》一遍，口诵"一切有为法，如梦、幻、泡、影，如露亦如电，应作如是观"，而我心有驻，不能免于实执。五十余年来，季淑以其全部精力情感奉献给我，我能何以为报？秦嘉《赠妇诗》：

诗人感木瓜，乃欲答瑶琼。
愧彼赠我厚，惭此往物轻。
虽知未足报，贵用叙我情。

缅怀既往，聊当一哭！衷心伤悲，掷笔三叹！

一九七四年八月二十九日于美国西雅图

情书十二札[1]

一、就是火山口，我们也只好拥抱着跳下去

菁清：

你睡得好么？昨晚你去后我赶快上床，报纸略翻一下就睡著了。睡到两点半，种种问题又兜上心头，有些问题是你提出而我事前没料到的，我苦思焦虑，辗转反侧，不能得到万全的解答。退一步想，我能在半夜里考虑这些问题，亦即是幸福了。你说悬崖勒马还来得及，在时间上当然还来得及，可是在情感上是来不及了。不要说是悬崖，就是火山口，我们也只好拥抱着跳下去。你说是吗，亲亲？

看相的事，我从来不信，是你提议，我就跟了去。他

1 韩菁清（1931—1994），1975年5月9日与梁实秋结为伉俪，为梁第二任妻子。港台影歌双栖明星，曾获"金马奖"优秀演员装。

说的话大致不错，尤其是他说我长寿，这正是我提心吊胆的事，不是我勘不破这一关，而是这一关牵涉的不止我一个人。我不愿害任何一个人，尤其是我最最心爱的人。

今天是六日，屈指算来，是奇迹发生的第十天。你在镜子上写的字，我希望欧巴桑天天用力擦，擦掉它，至少先擦掉下句的第三个字，擦掉之后改为“已”字，或改为“果”字亦可。

你问我嫉妒否，我说不，事实上恐怕难免，例如你昨晚去洗头发，我就不能不想到理发匠要抚弄你的头发，而他在洗发的时候也一定对你有说有笑。想到这，我心里有异样的感觉，你会笑我吧？你心里会说：“可怜的孩子！”在这一方面，我是孩子。

我盼望今天能收到你一封信。

梁实秋

六三. 十二. 六[1]

二、凤凰在火中新生

菁清：

1 落款日期指按民国计年算法，民国六三即公元 1974 年。下同。——编者注昨天睡得时间不久，但是很甜。我从来没戴过指环，现在觉得手指上添了一个新的东西，是一个负担，是一种束缚，但是使得我安全的睡了一大觉。小儿睡在母亲的怀里，是一幅纯洁而幸福的图画，我昨晚有类似的感觉，“像是真的一样”。手表夜里可以发光，实在是好，我特别珍视它，因为你告我你曾经戴过它，我也特别羡慕它，嫉妒它，因为它曾亲近过你的肤泽，我昨天太兴奋，所以在国宾饮咖啡时就突然头昏，这是我没有过的经验，我无法形容我的感受。凤凰引火自焚，然后有一个新生。我也是自己捡起柴木，煽动火焰，开始焚烧我自己，但愿我能把以往烧成灰，重新开始新的生活——也即是你所谓的“自讨苦吃”。我看“苦”是吃定了。

你给我煮的水饺，鸡汤，乃是我在你的房里第一次的享受，尤其是那一瓶 Royal Salute，若不是有第三者在场，我将不准你使用两只漂亮的酒杯——一只就足够了。你喝酒之后脸上有一点红，我脸上虽然没有红，心里像火烧一样。以后我们在单独的时候，或在众多人群中，我们绝不饮酒，亲亲，记住我的话。只有在我们二人相对的时候可以共饮一杯。这是我的恳求，务必答应我。我暂时离开的期间，我要在那酒瓶上加一封条。

亲亲，我的心已经乱了，离愁已开始威胁我，上天不仁，残酷乃尔！

我今天提早睡午觉，以便及时飞到你的身边，同时不因牺牲午觉而受你的呵斥！亲亲，我的可爱的孩子！

梁实秋

六三. 十二. 十一. 晨六时

三、天眷顾我主演这一部重头戏

菁清：

昨晚分别，又是风又是雨，如果这是外景，与剧情好不调和！那两份客饭颇有意义，“绚烂之极归于平淡”，别看那是粗茶淡饭，我却打破纪录吃下你给我盛的两大碗饭，这要是让你的H妈妈知道，又要笑她的“傻女婿”了。

我回到旅舍，尚未吩咐总机，立刻来了两起电话两批客，一起是不认识的大学生，我拒见了，一起是一位太太送橘子来，不好不让她进来，我连打哈欠，她才走。从九点一直睡到五点，得未曾有。也不知你昨晚的生活如何，心里惦记，却又不能打电话。

××给我来信，要我把她前次写给我的信烧掉，此外别无他语，我看毕心情起伏，不禁大哭了一场。是天作弄我，使我陷入这样的窘境，还是天眷顾我，选中我主演这一部重头戏？我的手发抖，你可以看出我字迹的倾斜。亲亲，我要你支持我。

今早我又看了你几段文章，颇有收获，我没料到你是那样早熟，那样的诚挚的流露心声。我猜想你当时的读者们未必能充分的欣赏——像我这样。这一本小书我将来要把它重印出来，至少要把其中大部分收在我们的那一本书里去。

今天我要到阳明山，这是宿约不能不践，你知道我是多么的不愿意去！你今天做什么事，好像你早已有了安排，什么介绍木匠装修，我也搞不清楚。如果有机会，我会打电话给你。其实这封信什么时候能递到你手里，我也不知道。

梁实秋

六三. 十二. 十二. 早六时

四、我们俩做了“爱的燔祭品”

菁清，我的小娃：

你昨天血压高，你说是因为台视室内空气不好，绝不是的，你不用瞒我。你到台视是前天，昨天你没有去，如何能因为前天空气不好而昨天血压高？我想一定是因为有些什么事使你心里不痛快，我已经猜了个八九不离十。你说我猜的对不对？昨晚你急急的向我要小娃的信，我就体会到了。我接到你的电话之后立刻就把信放在衣袋里了。

你曾说：“我的爱，正如原野里的星火，始终蕴藏在寂寞的心房中，给自己情感的锁所扣住，它至今还不曾尝试过‘燎原’的滋味。”现在我问你，燎原的滋味如何？亲亲，我们俩已做了“爱的燔祭品”，还说什么“但愿人长久，爱情莫再来！”

昨天阳明山之行是万不得已，朋友们给我照了许多张相，都问我："梁先生面上怎么那样严肃！"其实那不是严肃，是痴呆，就如行尸走肉回旋于众人之间，他们没有一个人知道我的心灵停留在哪里。

昨晚消夜，又是"傻女婿"一场戏，你说观戏的人会满意么！这样的戏一共两场，我都演过了，你是大导演，演得好不好由你负责。戏词中有一句很露骨的话："你这样好的一个侄女，你到美国之后能不想念她吗？"我回答的是"当然想！"

我的女儿有信来，使我大哭一场，寥寥数语使我无法控制我的眼泪。我的女儿很爱我，我希望你也能爱她。亲亲，我的心在抖颤，我要你来抚慰它。

梁实秋

六三. 十二. 十三

五、问我行期我心里很难过

菁清：

星期五、十三日在西俗是一个忌讳，在我们却是一个最快乐的日子，虽然其中也夹杂了哀伤。昨天没有工夫给我的小娃写信。我好难过。昨晚归来我酣睡一夜，这是二十天来第一次比较好的睡眠。你昨天吃完"爱窝窝"以后也有一点疲乏的样子，是不是立刻就睡了？

我的女儿又有信来，再没有提一个字，慢慢来，最后她会谅解我们的。昨晚你问我行期，你到屋里寻日历，你没注意我落下了泪，我立刻就抑制了我的情绪，不过我心里很难过，所以我就借口电视长片业已看完提早离开了你。菁清，我会很快的飞回到我们的“家”。你说屋里有冷气，夏天不会热，其实外面的气温不会影响到我们内心的热度，我只要你我合作，永久维持我们两颗心融在一起燃烧着的圣火，永久炽盛，永久不灭，外面空气的冷暖不太重要，你问我五月节能不能回来，我不能确定回答你，可能等不到五月节，我尽可能早去早回，我如今还没有一定，已开始恐怖离开后的凄清的日子，我盼望你心理上早有准备。否则那个打击你会吃不消的。

小娃，昨天在乐亭，你一走进去，就好像黑暗的舞台上骤然开放了灯光，里里外外的人都注视着你，真不知你哪里来的那么大的魅力！十一月廿七日你驾临我的斗室时也有同样的舞台效果，虽然观众只有一个人。我愿天下人都是你的观众，我也愿只有我一个人是你的观众。你说我矛盾不！小娃？

梁实秋

六三. 十二. 十五. 早七时

我的小娃仍在梦中

六、你的笑容使我心醉

菁清，我的小娃：

盼你的信好像是盼了好几个（八百多个）世纪；昨天终于拿到了，诵读之下犹如醍醐灌顶，我仔细的逐字欣赏，然后在字里行间推敲，最后我闭起眼睛穷思冥计，这封信我咀嚼了多少遍！

昨天我看见你脸色有异，我知道间接必定与我有关，我不愿多问，怕你说："你这人好烦呀！"可是你要知道，你的笑容，你的笑声，使我心醉，你的笑容笑声一敛，转为一阵阵的沉寂或是阴晦的时候，你又使我惶惑、战栗、心痛。但愿以后凡有不快的事情都由我一人承担，让我的小娃永久快乐。亲亲，我不知道我能给你多少快乐，我也不知道我能陪伴你多少年，请你准许我在此时此刻把我的一切奉献给你。

昨天胡姐说："你这样的听话！"我说："不是每一个人的话都听。"我只听一个人的话。我心甘情愿的让那一个人吩咐我，命令我，支配我，甚而至于折磨我！昨晚由那一碗"当归炖鳗"说到"自讨苦吃"，这一句话成了昨天我们谈话的主题。你在第一封信里就说"一个是自投罗网，一个是自讨苦吃"，投罗网也是吃苦，我问你：有没有苦尽甘来之日？

我有一个奢望，愿以后我们能把我们的睡觉作息时间慢慢的逐渐的拉近。你看，我昨天不是表现得很好吗？我不敢期望你改变习惯。我答应你，我设法改变我的。

写此信时，你在酣睡，愿上天给你平安。我是最爱小娃的。

梁实秋

六三.十二.十六.晨六时

七、在恋人之间分不出施者和受者

菁清：

我今天好像是有许多许多话要对你说，但又不知说些什么好，又不知怎么说，更不知应否写在纸上。我刚冲了一杯苦苦的咖啡，吃了几片饼干，心神稍定，还是要写几个字给你，因为我知道你要看我的信。

西谚有云："施者比受者有福"，但是我问你，在一对深深柏恋的人之间，谁是施者，谁是受者？你能分辨出来么？我不能。亲亲，我要求你仔细思量的事，现在我要求你莫再思量。镜子上写的字，已成陈迹，你不肯揩掉它，也许你有你的理由，我当然不敢勉强你，虽然我不免胡思乱想。你说我想得太多，是很多，但不太多。难道你在爽朗的笑声背后不常陷入于沉思么？

我写此信时，遥想你正在酣眠，像是一朵花在夜晚敛起它的花瓣，静静的散发它的缕缕芳香。没有一丝的风吹拂你，没有一只蜂蝶趋附你，有无数天使在呵护你，给你平安，甚至于我的灵魂也被摈斥，不准擅入你的梦中。

再过三小时我就又可以和你相晤，你要我午睡之后再去看你，我只能谢谢你的美意。

我永远是你的　梁实秋

六三. 十二. 廿三. 晨十时半

八、你的心情永远是爽朗的

我的菁清：

英文谚语 Three is a crowd，翻成中文恰好是“三人为众”。昨天我们有十小时在一起，却是在大众之中度过。我们的时间是分秒必争，所以我虽然已经睡下仍然穿戴起来陪你去消夜。我对你说了谎话（说我尚未睡），可是我现在招供出来，也就不为罪了吧？今天是圣诞前夕，我要在午后睡一下，免得夜里让你看到我打哈欠，那是极不礼貌的事，我知道。你那株圣诞树，上面的电灯泡闪闪发光，不知昨夜是几时熄灭了的？圣诞树下一定要堆许多许多纸包的礼物，然后有许多许多孩子垂涎于那些东西，才够意思。你说是不是？不过送这礼物的朋友也总算煞费苦心了。

今日阴雨，甚杀风景，送胡姐上山将又是在风风雨雨中，风雨也有趣，究竟凄凉一些。你的心情永远是爽朗的，应当配和着丽日晴空，没有人在你跟前而不沾染或多或少的欢欣，而受益最多的是我，而我还嫌不够多！如果贪是罪过，我的罪过滔天，不可逭也。

我是你的最忠实的　梁实秋

六三. 十二 . 廿四 . 晨八时

九、这样的情书不能表达我的情意于万一

我的菁清：

圣诞夕乐乎？你牺牲了八百多个电话邀请，而在这样小小的一个派对度此良宵，我甚为歉然。我很高兴，烟也抽了，酒也喝了——事前得到你的允许才敢这样放肆的。只是夜阑人散，我在风风雨雨中返回旅舍，心里在数着那个“小孩儿”的十八个饺子大概已落肚了，我才昏然入睡。可怜只睡了四小时又不能不起床，我饿了，精神上肉体上都觉得饿，于是冲一杯牛奶，写这封信——如果这也算是情书，这样的情书不能表达我的情意于万一。亲亲，你好久好久没有一个字给我，我天天盼望着，知道你近来血压高，偏头痛，我又舍不得叫你再为了写信而费神。你昨天在电话旁边对我耳语，你要我品尝你的那杯薄荷酒，你为我佩上那一朵玫瑰……我还能要求些什么？什么事也瞒不了那两只眯着眼咧嘴笑的兔娃娃。

今日午饭我没有人请，可惜这时候你在好梦正浓。否则

我会要求你再来一个 a table of two，再对喝一杯甜甜的酒。菁清，我们相会的时间已入读秒阶段，我们要珍惜它。一别之后，我简直不敢想。我问你，你想过没有？你最好有心理的准备。

你的　梁实秋

六三. 十二 . 廿五 . 晨六时

十、你是我从未见过的伟大的独立的女性

我的菁清：

昨晚你流下了泪，这是你第二次在我面前淌泪，至少这是我所看见的你第二次落泪。我问你为什么哭，你不肯说，你怕我伤心，你说那是极快乐时的不自主的泪。我的心告诉我，不是这么简单的事。亲亲，你不要顾虑别人的话，不管那是出于善意与否（我认为是善意的，虽然稍嫌庸俗一点。）我们两个已经心甘情愿的走到了这个地步，只有再往前进的一条路。我会尽我的力去安排我们的未来生活。你是一个我从来未见过的伟大的、独立的女性，我心中最大的安慰是你信任我，无保留的信任我，我将竭尽我的一切以求无负于你的信任。我愿这几天之内，朋友们不要再打搅我们，给我们一些清静的时间，让我们细细的商谈我们以后的生活安排。

菁清，你不许我哭，同样的我也不许你哭，如果你一定

要哭，我愿陪着你哭个痛快。我恨上天，我恨命运，不让我们早几十年相遇！不过，你想想，人生苦短，几十年的时间总会匆匆过去，迟早还不是一样？眼前的一刹那，如果我们能完全切实的享受，那就是永恒，复有何憾？

今早我忙，要赶好几档子约会，草草几行，祝我的菁清安乐无穷。

我是你的“人”！

梁实秋

六三.十二.廿六.晨七时

十一、真的爱并不盲目

我的菁清：

我岂只在你的“浑圆的身子里”发现一身傲骨？我发现的东西多着呢！我发现你有一颗纯洁的心，你有浓馥的情爱，你有高度的怜悯与同情，你有无止境的对美的追求，你有智慧，有决心，有毅力。而我这发现并不需要长久时间观察才能得到，我是直觉体会到的，爱的奇妙即在于是。真的爱并不盲目，传统的“爱神”丘比德（Cupid）是一个瞎眼的孩子，这真是瞎扯，人在爱的时候眼睛特别敏锐，默默相对的时候眼睛里冒出两股目光，和对方的两股目光纠结在一起，像是拧股的线一般，这象征着两个人的真情流露，融为一体。这时节，“人焉廋哉！人焉廋哉！”我现在已开始搜集关于你的资料，预备写我的那本大书，《韩菁清传》，主要的资料来源就是我的观察与了解。

你今早又哭了，而且哭得那么沉痛，使我心碎。是不是为了即将来临韵“爱别离”？是不是勾起了你的往日的回忆？是不是我有什么不能令人称心的地方？如果猜的都不对，那我最后一猜便是所谓的“喜极而泣”了。

患糖尿的人时时口渴，像骄阳下的一株小草，需要不时的有甘露灌浇它！

今天晚上的宴会，虽然不会有花篮点缀，看看客人的人选，谁也知道这是什么性质的筵席。我好快乐，我好幸运，我好骄傲！

你的　梁实秋

六三.十二.卅一

十二、你耐心的快乐的等着我

我的菁清：

今天整理行装，心乱如麻，这是我离台前最后给你的信，我心里十分伤感。明天我不打扰你，愿你一觉醒来我已经在天空飞翔，越飞越远。亲亲，我们彼此都有要求，并且都已允诺，不哭。我们试试看，离开之后能不能噙住眼泪，强作笑颜？亲亲，你放心，每一分钟每一秒，我的心都在你身上。我也确信，你对我也是一样。只是你独自在这里，我十二万分不放心，盼你小心谨慎，不要对人太宽，不要忘记你自己是一个极不平凡的人。有许多事，我叮嘱你：

1. 你要写信给我，每天写，但不必每天寄。我要知道你每日的作息情形，当然我也会随时写信给你。如果你过于疲乏，就不必写。要用同样的纸，以便保存。

2. 我渴望你晚上早些睡，先试试在十二时以前安眠，如果能睡得安稳，早晨十时左右可以起床。如果我回来发现你的起居时间稍为有些改变，我将大为喜悦。

3. 你的东西太多，不太需要的即可不必添置。我只要一把转椅，坐垫要软些。此外我也不再需要什么。

4. 我们结婚仪式一定要简单，盼不与任何人商量，而由我们自己决定，你同意吗？我当然是完全听你的意见。关于日期及其他细节，以后再谈。

5. 你以后晚上留什么人到家里来往，是我极关心的一件事。“小孩儿”人还不错，只是不能经常来，而且每天来的时期也不确定。他带来的人就不可靠。此事我无办法，只盼望你小心谨慎而已。

6. 陈姐尚忠实，可否考虑每日多留她工作数小时，给你烧一顿饭也是好的。多给她几百元即是。

7. 我剩余的一些新台币，开一张票留在你处，需用时就请用掉它，否则存起来留作钻戒的一部分。

8. 不可咬指甲，每次咬时就要想象你的人在旁边拉你的手！

今天客人不太多，电话不少。事情好多好多，真想请你来帮我。

最后，我斩钉截铁的告诉你：没有任何人任何事能彷（妨）碍我们的婚姻。我将在最早可能的时候回来办理我们的终身大事。亲亲，你等着我，耐心的等，快乐的等。

你的　梁实秋

六四.一.九

山中走了一趟
載花泛舟河上心中滿是歡喜想起你的模樣
丁酉春老樹